KB131139

여름 빛 아래

황수영

차례

* 감상 (151)

이병률 (시인)

눈을 감으면 여름 빛 아래에 서 있었다.
눈을 감은 채 모두 들켜야 하는 기분.

줄곧 그런 기분으로 지냈다.
글을 쓰고, 산책하고, 겨울을 났다.
발밑으로 그늘이 졌다.

1부

*

    나는 긴 겨울이나 밤보다도 여름과 한낮의 시간
이 견디기 어려웠다.

너무 환하거나 활기찬 세상에서는 숨어 있기가 어
렵기 때문이다. 겨울과 밤은 버티는 시간이 아니었
을지도 모른다. 오히려 희망 같은 것이, 내가 심지도
않은 희망 같은 것이 움트는 시간이었던 건 아니었
을까. 보이진 않아도 예감할 수 있는 무언가를 기다
리는 시간이었던 건 아니었을까.

    그러나 여름이나 한낮은 가끔씩 버거웠다. 기대
할 수 있는 게 하나도 없었다. 봄을 기다리기에는
너무 멀었고, 가을이나 저녁을 기다리기에는 나는
이미 어두웠다. 그다지 원하는 것이 없는 여름과 한
낮, 혹은 한낮의 여름이 괴로웠다.

그럼에도 여름을 사랑했다. 한낮의 나무 아래를 흠
모했다. 여름의 티셔츠와 여름의 슬리퍼 차림, 해 질
무렵의 바다 수영, 여름이면 생각나는 노래와 영화

속 장면을 떠올리면 늘 설렜다. 어쩌면 여름이 아니라 여름의 곁가지들만 사랑했던 건 아니었을까. 여름을 사랑한다고 믿는 것이 착각이어도 좋을 것이다. 그마저 여름의 산물일 것 같아서. 여름의 착각. 겨울의 착각이나 봄의 착각보다 아름다울 것만 같은 이름이다.

*

겨울의 언덕과 여름의 언덕을 번갈아 가며 상상하는 것만으로도 지친다. 앙상하거나 무성한 날들.

앙상한 것과 무성한 것을 번갈아 가며 상상한다. 사실은 상상보다 현실이 끔찍하다. 앙상한 사람들, 무성한 사람들, 앙상한 땅과 앙상한 마음들이 또 얼마나 무성할지.

*

　눈이 내리지 않는 밤에 눈을 기다리다 새벽이 됐
다. 밤은 익어가고. 아무리 익어도 끓지는 않는 밤.

밤과 같은 색의 털을 두른 개의 밤과 같은 눈이 나
를 향한다. 잠들지 않고 계속 빛을 내는 까만 눈을
본다. 이제는 그만 슬퍼하고 싶다고 생각했다. 첫눈
은 아직이고. 바닷가에는 노래를 부르려는 사람들
이 모여 있다.

*

몸과 몸이 붙어 있을 때 거기 몸이 있다는 걸 알
게 된다.

머리, 어깨와 무릎과 부드러운 것. 귀와 발, 입술과
턱, 동그란 이마. 겨울의 몸들.

눈이 조금 내렸다. 바닥에 조금 모여 있다. 누가 치
우지 않아도 사라질 것이다. 마음도 그만큼씩만 모
이면 좋겠는데. 눈을 다 감지 못하는 조그만 이마에
첫눈이 그렁그렁 매달려 있다. 눈을 감으면 펑펑 쏟
아질 것이다. 울 것 같지는 않다. 울고 싶지도 않다.
새벽에 깊숙하게 들어와 있을 뿐이다. 추위에 강한
눈썹을 우리가 한 짝씩 나누어 가지면 첫눈이 내릴
것이다.

*

    겨울딸기를 한 상자 들고 돌아오는 밤. 즐거운 것도 아니고 따뜻한 것도 아니고 설레는 것도 아닌데 그 모두가 섞인 밤. 그러면서도 묘하게 서글픈 밤.

겨울 때문인지 딸기 때문인지 모르겠다. 작은 딸기 상자가 든 봉지가 가볍고 무겁다. 향긋하기도 하다. 왼손으로 딸기를 붙잡고 오른손으로 칼을 들어 딸기를 잘게 다진 뒤 지그시 누른다. 반쯤은 두유에 섞어 마시고 반쯤은 요거트에 넣어 먹는다. 손을 씻은 지 한참 지났는데, 그 손으로 글을 쓰고 책을 읽고 했는데도 손을 코앞에 대면 딸기 향이 은은하다. 글도 그렇게 써야 할 텐데. 돌아서도 남는 것으로. 한참 다른 길 걷다가도 떠오르는 것으로. 사실 그것은 쓰는 사람의 몫이 아닌 것 같다.

*

바다에서 미역을 건져 올리는 사람이 있다. 어제 내가 서러움을 집어 던졌던 바다다.

너무 그리워하는 사람 앞에서 평생이라는 말은 좀 시시하지 않나. 돌 하나와 돌 하나. 무겁고 가볍다. 물에 던지기 좋은 돌이 많은 해변에서 밤새 돌을 던진다. 바다 안에 무엇이 있는지 모른다. 바다는 돌 하나에 돌 하나만큼 넘친다.

*

　내리는 눈을 밟지는 못하고 서성이는데 귀 끝에 작은 눈송이가 깜빡 앉았다가 사라진다.

　시가 될 수 없는 말들과 어처구니없는 말들이 모여 시를 이루는 것을 번갈아 살핀다. 눈은 펑펑 내리고. 그러다가도 그치겠지. 그리곤 녹겠지. 흘러 사라지겠지. 그러면서도 남겠지. 어느 마음 구석에.

　마음에도 눈이 내린 골목이 있다. 한 번도 밟지 않은 눈길에 누가 다녀갔다. 발자국을 덮을 만큼 더 많은 눈이 내려야 한다. 다녀간 사람은 기억하지 못하는 발자국쯤 그냥 쓸어내면 그만일 텐데. 녹지 않는 눈이 아깝고 가여워 두고 보다가 내내 겨울인 채로, 봄에도 여름에도 내내 눈밭인 채로, 밟지도 치우지도 못하는 흰 눈인 채로.

*

　눈에 관해서라면 밤새도록 이야기할 수도 있겠
지만 첫눈은 짧고 겨울은 길기 때문에. 깊은 밤에는,
깊어만 가고 익어만 가고 끓지는 않는 밤에는, 달고
쩐득한 것이나 뜨겁고 구수한 것을 조금씩 떠먹는
다. 겨울밤은 길기 때문에.

끝나지 않을 것 같은 밤도 끝나고 그치지 않을 것 같
은 눈도 그친다. 그만둘 수 없을 것 같은 말들도 언
젠가 멈출까. 꿈이나 악몽, 소원도. 환상 끝에 남는
온기도.

*

쓸모를 알 수 없는 것을 주워 모은다. 희망을 모아다가 어디에 쓰려고 자꾸 주워 오는지.

희망. 사랑보다 빛나고 슬픔보다 쉽게 바스러지는 게 꼭 새벽에 조금 내린 눈 같다. 새벽에 잠깐 내린 눈은 아침에 일어나면 그냥 축축한 바닥이다.

이런 것쯤 종이가 모자라도록 쓸 수도 있지. 그러면 뭐 하나. 어디 한 평 데울 수도 없을 텐데. 시를 써야겠다. 전부터 생각했지만, 시를 어떻게 써야 하는지 알 수 없었다. 아마 계속 그럴 것이다. 그러니 시를 써야겠다.

겨울과 첫눈과 시와 티라미수와 옥수수 차. 바람 소리와 잠자는 소리. 저물지 않는 귀. 바짝 모은 두 손. 열었다가 닫았다가 하는 창. 멀리서 들려오는 소리. 그러나 들리지 않는 것들은 어디서 빛나고 있을까. 빛나지 않는 것들은?

*

조금 전에 꾼 꿈처럼 선명하고 금방 멀어지는 것들을 본다.

입김처럼.

겨울에 꾸는 꿈은 더 빨리 사라지는 것 같다.

입김처럼.

서울에는 내일도 눈이 온다는데. 나는 속으로만 눈을 기다린다. 기다려도 여기에는 오지 않을 것이다.

겨울은 기다리는 계절일까. 겨울만 되면 뭐가 그렇게 기다려지고 그립다. 입김이 번진다. 눈은 오지 않지만, 여기에도 오는 것이 있다. 매일매일 오는 것이 있다.

*

　작년 여름에 뭘 했는지 기억이 나지 않는다. 겨울
이 너무 깊어서 그렇다. 비가 많이 내렸던 게 생각난
다. 삼 일에 한 번꼴로 바다에서 수영하던 것도. 그
외에는 기억이 나지 않는다. 분명 복잡하고 어려웠
던 것 같은데. 엉킨 마음은 다 어디로 갔는지. 여름
이 끝나도 바로 가을이 되지는 않는 것 같다. 가을이
끝나지 않은 것 같은데 겨울이 오는 것은 많이 보았
다. 겨울이 끝난 것 같은데 끝나지 않고 끝나지 않는
것도.

*

    슬픈 사람들의 씩씩한 이야기나 씩씩한 사람들의 슬픈 이야기를 좋아하지 않는 척하려고 오랫동안 애썼지만, 더 사랑하게 되었다. 바지를 털고 일어나는, 막 일어나려는 동작의 이야기. 젖은 옷을 벗은 모양대로 두고 이불 밑으로 들어가는 웅크린 등의 이야기. 슬픈 나를 씩씩하게 일으키는 이야기. 그게 아니면 씩씩하던 나를 금세 슬픔으로 떠미는 이야기.

슬픈 건 나쁜 게 아니지만 슬픈 이야기를 너무 오래하고 싶지는 않다. 나는 슬프기만 한 사람은 아니고, 슬프기도 하고 즐겁기도 한 사람이니까. 그렇지만 먼저 슬퍼하는 사람이 있으면 같이 슬퍼하려고 따라나서는 사람이 덜 외롭다고 하니 다행이다. 슬픈 이야기를 꺼내놓는 마음이 덜 무겁다. 자주 먼저 슬퍼하는 사람이 되고 싶다. 또 그만큼 자주, 함께 슬퍼하기 위해 따라나서는 사람이 되고 싶다.

맞아. 그래. 누가 먼저랄 것 없이 서로가 서로에게 그런 말을 하면서.

*

　무엇을 쓰면 좋을지 모르겠다. 겨울마다 그랬던 것 같기도 하고 겨울과는 아무 상관이 없는 것 같기도 하다. 아무에게도 희망을 주지 않는 것과 누군가가 섣불리 건네는 희망 닮은 것을 덥석 받지 않는 것 중 무엇이 더 중요한지 생각한다.

　배가 아파서 매실차를 끓였다. 잠깐 아픈 배에 대해서도 오래 생각해야 하는 삶은 너무 성가시다. 생각이 많은 것이 해롭다. 생각을 덜 해야 밥을 짓고 비질을 하고 생활의 자리를 정돈할 수 있다. 조금 더 견뎌보자고 말하지만 무엇을 견뎌야 하는지 잘 모르겠다. 견디고 나면 무엇이 달라지는지 알 수 없다.

　이야기 뒤의 이야기가 사납게 꼬리를 문다. 이 행렬에서 벗어나지 못하는 삶. 이야기가 부족해서 이야기가 넘치게 된 삶. 넘치는 곳에선 또 항상 무엇인가 부족하다. 숨이 넘치는 곳에는 숨이 부족하고 희망이 넘치는 곳에는 희망이 부족하다. 없는 희망을 찾으러 새벽마다 나가는 사람의 뒤꿈치에 약을 바른다. 한 자리에 가만히 서 있는 것이 괴로워서 걷기를 반복하는 사람들의 행렬. 질문들을 묶어 등에 지고 간다. 펼쳐볼 일이 없을지도 모른다.

처음은 처음이어서 슬프고 마지막은 마지막이어서 슬프다. 중간에 끼어든 슬픔은 슬픔 취급을 받지 못한다.

*

밤은 너무 길고 내일 눈은 오지 않을 것이다. 긴 것은 종종 깊기도 한 것인지 궁금하다.

*

꿈속에는 나이면서 나 아닌 것이 많다. 내가 만져
보지 못한 당신도 꿈속에는 많다. 본 적 없는 얼굴과
잡아보지 못한 손도 많아서 그건 너무 꿈 같다. 꿈이
구나 생각하는 순간 끝난다.

*

　어디에나 있는 것이 사람을 외롭게 한다. 그래야 없는 것이 더 실감 나기 때문이다. 모두에게 있고 나에게 없는 것. 나에게 없으나 저기에는 있어서 눈에 보이는 것. 보이기는 하나 닿을 수 없는 것. 만질 수 없고 주머니에 넣을 수 없는 것.

*

    사실은 다 거짓말이다. 겨울이 무섭고 어렵다. 오래 추운 것이 싫고 아프다. 여름으로 여름으로 걸어가고 싶다. 숨어 있는 것이 지겹다. 봄을 기다린다고 말하기가, 아직도 기다리는 게 있다고 말하기가 겁이 난다. 내게 있는 이 오래된 겨울이 나쁜 것이 아니라고, 나를 속이고 모두를 속이려는 거짓말이다.

슬픔이 깊다. 모든 겨울이 슬픈 것은 아니지만 깊은 슬픔은 겨울마다 더 깊어진다.

이 슬픔이 너무 거창하다. 거창해서 거추장스럽고 부끄러운 슬픔. 이 슬픔을 이끌고 어디로 나아갈 수 있을까. 진심이라는 말은 너무 시시해졌다. 슬픔이 거창하고 진심이 시시한 삶을 어디까지 끌고 가야 할까.

*

　누가 걸어왔다. 발자국 같은 것을 뒤로 남기기 위
해서.

　멀리서 오려는 사람을 만류하면서 기다리던 아침을
기억한다. 춥지도, 눈이 내릴 것 같지도 않았던 평범
한 아침에. 오려는, 막 오려고 하는 사람의 발. 구두
를 신은 발. 손에 들린 검은 봉지와 그 안의 초콜릿
과자.

*

　　외로운 존재가 또 하나의 외로운 존재를 만들고. 그래서 외롭지 않은 세계는 어디에도 없게 됐다. 나에게 기회를 준다면 이 세계를 끝장낼 텐데. 그래서 나에게는 기회가 오지 않는다. 세계를 이어갈 외로움이 필요해서. 사랑은 그냥 허울 좋은 외로움이겠지. 외로움 타령이 지겹다. 내일도 외롭겠지. 외로운 사람이 만드는 또 하나의 외로운 세계. 겨울은 핑계다. 핑계가 무거운 날에 눈이 내린다.

*

가끔씩 정말로 혼자임을 실감하면 무서웠다. 살 갗이 서늘해지고 손톱 밑이 저리고 얼굴이 따갑게 혼자라는 느낌이 들 때. 어떻게 해볼 수도 없이 혼자 구나 정말로 혼자구나 온몸이 소리 낼 때. 외칠 때. 사라지고 싶었다. 그럴 때 시를 읽었다. 혼자인 사람 이 혼자인 것을 소리 내 외치는 시간을 읽었다. 다른 몫의 혼자를 받아들이면서, 너무 외로운 사람들의 섬세한 마음의 굴곡을 손가락 끝으로 훑어 내리면 서, 아무것이라도 되고 싶다는 생각을 하면 조금 나 았다. 아니면 아무것도 되지 않겠다고.

*

　외로웠나 보다. 겨울이나 밤은 좀 그런 면이 있으
니까. 오늘은 봄 같으니까. 함께 있자고 했다. 봄은
그러는 편이 좋으니까. 사랑받는 것을 지켜보는 일
은 좋구나. 나는 네가 사랑받는 게 좋아. 내가 사랑
받는 것보다 그게 좋아. 사랑받는 너를 지켜보는 게
좋아. 사랑은 이마에, 귀 뒤와 코끝, 발끝에. 어디에
매달려도 잘 어울리지. 다른 말로 하면 어디든 사랑
스럽다는 말이다. 너의 어디든. 어디든.

*

　봄이잖아. 그렇게 말해버리면 다 넘어갈 수도 있을 것 같다. 핑계가 어디에 잠깐 걸리지도 않고 술술 넘어가는 계절. 자주 눈을 감게 되는 계절. 봄엔 바라는 게 많아져서 곤란하다고 하면서 하나도 곤란하지 않은 얼굴로 자꾸 웃게 된다. 나는 이 계절을 누구에게 배웠던 걸까. 봄의 얼굴들이 어깨나 팔꿈치 같은 데 턱턱 걸린다. 더 이상 내 계절의 핑계가 아니기 때문일까. 얼굴들은 어느 계절로 다 흩어졌을까. 그런 턱에도 잠깐 기대앉아 본다. 봄이잖아. 그렇게 좋은 핑계를 내가 나에게 대면서.

*

아무거나 쓰면 좋다. 아무것도 못 쓰다가 아무거
나라도 쓰면.

사실은 쓰는 것도, 읽는 것도, 듣는 것도, 먹는 것
도, 자는 것도 잘 못했다. 쓸고 닦는 것, 걷는 것, 뛰
는 것, 숨 쉬는 것, 쭉 뻗는 것, 굽히는 것, 굽혀서 버
티는 것도. 최소한으로 쓸고 닦고 걸으며 아무 때나
자고 아무거나 먹고 아무것도 듣거나 읽거나 쓰지
않으면서 지냈다. 누구는 백수 증후군이 아니냐고
했고, 누구는 코로나 블루가 아니냐고 했고, 나는 이
유 찾기를 그만뒀다. 그편이 가장 편리하고 가장 괴
롭기 때문이다. 내가 선택한 것 중 가장 편리한 것은
다 괴로움으로 이어졌다. 사랑이나 증오의 방식을
선택했을 때도 그랬다. 사랑하는 방식 중 가장 편리
한 것을 골랐을 때 괴로웠다. 증오하는 방식 중 가장
편리한 것을 골랐을 때도 그랬다. 그 둘이 다르지만
같아서 그것도 괴로웠다.

'언제나'라는 말 뒤에 붙는 것은 괴롭게도 언제나

내가 떼어내고 싶었던 것이다. 붙지 않고 떨어져 나가길 바란 것이 언제나의 뒤에 있었다. 언제나 슬펐고 언제나 미워했다. 미워하고 싶지도 용서하고 싶지도 않은 날들. 편리하게 미워하고 편리하게 용서하지 않으면 반드시 괴로워져서 어렵게 미워하고 가까스로 용서하지 않았다. 사랑은 목이 까끄러운 스웨터 같고 미워하는 마음은 작은 신발을 신고 오래 걷는 사람의 뒤꿈치 같다.

이런 것을 쓰기까지, 겨우 이런 것을 쓰기까지 얼마나 오래 걸렸는지. 방 안에 혼자 누워 있으면 그냥 그렇게 있고 싶다. 그게 가장 편리하기 때문이다. 그렇게 편리한 날들이 이어지면 나는 가장 괴로운 사람이 된다. 그걸 알고 누워 있다. 편리하게.

*

　자정에 청양고추를 썰어 넣고 라면을 끓였다. 맥주도 한 캔, 두 캔 딴다. 세 캔이 될지도 모를 일이다. 지금 할 수 있는 거의 제일 나쁜 짓을 한 것이다. 나쁜 짓이라고 하지만 위장에 나쁘고 숙면에 나쁘고 다음 날 계획에 지장이 있으니 나쁘다는 거지 정말로 나쁜 짓은 아니다.

정말로 나쁜 짓은 따로 있다. 머릿속은 진짜로 나쁜 생각으로 바쁘다. 그럴 때 안 나쁜 생각을 했던 황수영이 써둔 글을 읽는다. 산문집을 몇 장 읽다가 포기했다. 발표한 글은 왜 다시 읽기가 힘든 걸까? 책을 만드는 게 점점 무서워진다. 아무도 읽지 않은 내 글을 나 혼자 읽을 때가 좋다. 정말 내 것 같아서 그런가. 이렇게 쓰는 와중에 지금 마음을 에세이로 남겨야 하나, 다른 쪽 머리를 굴리는 내가 좀 징그럽다. 그냥 나쁜 생각이나 해야지.

*

'거의'라는 말을 지나치게 쓰는 것 같다. 그런 거야 아무렴 무슨 상관이겠냐만, '거의'의 자리에만 머물러 있는 걸까 봐. 그건 조금 무섭다. 그러다가 어디에도 도달할 수 없을 것 같다. 봄은 거의 다 왔을까. 얼마나, 얼마나 온 걸까. 거의 봄인 상태로만 멈춰 있는 걸까 봐 무섭다.

*

어제는 꿈을 꿨다. 꿈에서 엄청난 게 떠올라서 얼른 깨어나서 이걸 받아 적어야 한다고 애썼던 기억이 난다. 당연히 깨어나지 못했고 깨어났을 때 그 무언가는 아주 희미하게만 남아 있었다. 남아 있다고 하기 민망할 정도로 옅게. 어떤 느낌만이. 실제로 그렇게 대단한 거였는지 알 수 없으니 아깝지 않다. 계속 대단한 건 떠오르지 않으면 좋겠다. 혹시 떠오르면 빨리 까먹으면 좋겠다. 받아 적기 전에. 아무도 받아 적지 않을 이야기만 받아 적으려고. 기발하거나 특별할 것도 없이 매우 심심하고 시시하게 살려고.

*

어떤 그리움이 나를 이 지경으로 만들었다. 왜 생
겨났는지, 왜 끝나지 않는지 알 수 없는 그리움. 대
상을 알 수 없는 그리움. 모든 것이 사라지는데 왜
끝내 살아남는지 도무지 이해가 가지 않는 그리움.
그런 그리움은 사람을 곪게 한다. 도려내고 새로 살
아갈 수도 없게 꼭 가장 안쪽에서부터 곪아간다.

너무 많은 걸 그리워하면 아무것도 사랑할 수 없는
사람이 되는 것 같다. 어떤 여름을 그리워하고 있었
는지 이제 생각나지 않는다. 그게 여름이기는 했는지.

*

　라면을 끓이려다가 토마토를 썰고 냉동실에 있던 빵을 꺼내서 데웠다. 왜 그게 더 나은 건지 설명할 수 없다. 라면을 끓이는 게 어째서 더 쉬운 건지도. 토마토를 썰고 빵을 데우는 게 대체 왜 힘든 건지. 간단한 일도 설명하지 못하는 사람은 조금 서럽다. 나만큼, 혹은 나보다 더 서러울 사람들을 생각한다. 좀 안 해도 될 텐데. 생각은 자꾸 그쪽으로 넘어가고. 생각이 넘는 담을 나는 넘을 수 없어서 여기에 혼자 있다.

*

많은 오해와 부딪힐 때마다 나는 너무 작다(그러니까 거의 매일). 오해는 끊임없이 생겨나고.

무력해지지 않으려면 어떻게 해야 할까. 오해보다 크고 아름다운 것을 찾아서 헤맨다. 그러면 그것에 기대어 오해를 깔보거나 무시하거나 너그러워질 수 있을 것 같아서. 하지만 번번이 실패한다. 세상에 오해보다 크면서 아름답기까지 한 것이 있을까? 마음을 몽땅 내어주어도 불안하지 않을 만큼? 알 수 없는 그것을 찾는 동안 오해는 점점 몸집을 키운다. 매일 오해가 이기는 날을 살고 있다. 산다는 말 앞에 '간신히'라는 말을 붙이려다 만다.

*

겨울의 끝이 보일 것도 같은 날들이었다.

오늘은 다시 입김이 하얗게 번졌다. 바쁘게 옷깃을 당겨야 했지만, 꽃이 핀다는 사실 하나만으로도 기쁘게 기다릴 수 있다. 봄이 온다는 게 마냥 반갑지만은 않다. 그러나 겨울이 끝나는 것은 기꺼이 기쁘다. 겨울이 싫어서가 아니라 겨울이 너무 기니까. 너무 긴 것은 잠시 쉬어도 좋으니까. 겨울도, 사람도 (혹은 다른 것도). 곧 바깥으로 나갈 수 있겠다. 안에만 있으면 뭘 잃어버리기가 쉽다. 잃어버려도 바깥에서 잃어버려야 찾으러 나갈 수가 있다. 안에서 잃어버린 것은 찾을 수도 없어서 내내 공허하다.

*

    견딜 수 있을 정도로 추운 날에 생각한다. 겨울 같은 건 아무것도 아니었다고. 다가올 여름에 비하면 정말 아무것도 아니었다고. 겨울이 끝날 무렵에야 그런 생각을 하는 건 비겁하다. 1층으로 이사를 하는 게 좋겠다.

*

꽃이 너무 아름다우니까 좀 이상하다. 하루아침
에 이런 게 나타나는 게. 나타났다니. 그것도 좀 이
상하다. 나무는 겨울에도 그 자리에 있었는데. 꽃이
있고 없는 차이로 아름다움이 있다 없다 따지는 내
가 이상하다. 그럼 아름다움이 사라지기라도 한다는
건가. 그렇다면 언제. 다 이상하다. 바람도 좀 이상
하고. 하늘도 이상하게 파랗다. 하늘이 이렇게 파란
거였다니. 아무튼 좀 이상한 세상이네. 봄엔 그런 게
널린 것 같다.

*

　겨울이 끝나고 여름이 시작되는 사이에 나는 잠깐 없는 사람이었다. 겨울은 끝날 것 같다가도 끝나지 않았고 어느새 끝나 있었다. 여름은 올 것 같다가도 오지 않았고 어느새 와 있었다.

　나는 슬픈 사람들이 겨울보다는 여름에 울었으면 좋겠다. 젖은 얼굴이 너무 빨리 마르지 않게. 급히 마른 것은 바스러지기 쉽다. 여름에 우는 사람을 달래기 위해서라면 온기보다 나은 것이 많고. 나는 자두 한 봉지로 달래지는 사람을 알고 있다. 검은 봉지에 코를 박고 젖은 얼굴을 천천히 말리는 사람. 한입 베어 문 자두 알을 오래 손에 쥐고 있는 사람.

2부

*

    10층으로 이사를 왔다. 10층이면서 꼭대기 층이다. 바깥에는 비가 많이 내린다. 장마가 시작됐다. 가까이에는 기찻길이 있다. 늦은 밤에도 기차가 지나다닌다. 살림살이랄 것 하나 없는 집에 이불 한 장을 깔고 누워 있다. 노란 불만 하나 켰다. 까만 개가 옆구리에 꼭 붙어 있고 우리 둘 다 이 집이 낯설다. 뭔가 쓸만한 것이라곤 물 끓이는 전기 주전자 하나뿐이다. 저 아래 길도 잘 보이고 저 멀리 낮은 구릉도 하늘도 잘 보이는 집이다. 왼쪽으로는 기찻길이 지나고 오른쪽으로는 강이 흐른다. 베란다에서 보는 기준으로 하면 오른쪽이 기찻길이고 왼쪽이 강이다.

*

이 도시에는 죽음이 널려 있다. 까만 개와 나는 죽음 사이를 거닌다. 너무 오래되어 죽음처럼 느껴지지 않는 죽음 사이를. 이른 아침과 인기척이 사라진 깊은 밤에도.

무덤과 무덤 사이를 가로지르는 동안 죽음에 관한 생각보다는 다른 생각을 훨씬 많이 한다. 아무 생각하지 않을 때가 더 많을 것이다. 오래된 것은 오래됐다는 이유만으로 희미해지는 걸까. 그렇다면 내가 오래됐다고 생각하는 모든 것은 덜 오래되어서 아직까지 이렇게 선명할까. 오래된 마음이나 오래된 상처 같은 것도 실은 전혀 오래되지 않은 걸까. 너무 오래된 것 옆에 있으면 내가 놓지 않으려고 꼭 쥐고 있는 것이 모래밭에서 주워온 돌멩이나 조개껍데기같이 느껴진다. 주머니를 뒤집어 한 번에 털어버려도 그만일 것 같다고. 그런 생각을 자꾸 하게 된다. 생각이란 걸 멈추게 된다. 오래된 무덤과 오래된 나무가 많은 이 도시에서 나는 얼마나 자주 주머니를 털어버리게 될까.

*

  이 도시에서 내가 좋아하는 앉을 자리는 대부분
무덤 근처다. 그중 하나는 다섯 개의 무덤 앞에 있
는 여러 벤치 중 왼쪽에서 두 번째 벤치다. 그 벤치
의 다리만 나무인 게 좋았다. 오래된 죽음의 구석에
서 잠시 쉬어 갈 때면 내가 가진 수많은 이유는 작
은 모래알에 불과했다.

이 도시에 오고 난 뒤로부터는 자꾸 가만히 지낸다.
아무것도 기억하지 못하는 사람처럼. 아무것도 중
요한 게 없는 사람처럼. 종일 멍하니 시간을 보내고
밤이면 잠을 잔다. 아침에 눈을 뜨고. 더 자려고 노
력하지도 덜 자려고 노력하지도 않으면서. 그냥 하
루를 보낸다. 오래전 나에게 없는 것으로 인해 많이
울었던 날들이 먼 옛날 일처럼 느껴진다. 나에게 없
었던 것. 사랑이나 사람이나 마음 같은 것. 여유나
인정이나 온기, 용서 같은 것. 마중하는 얼굴과 자랑
스레 여기는 어깨 같은 것.

*

　순도 높은 질문을 하고 싶다고 말한 적이 있다. 나의 말과 질문은 얼마나 순도 높을지 잠깐 생각한다. 마음이 복잡하다. 순도 높은 마음을 가지는 것은 아마 이생에서 불가능하지 싶다.

작은 화분을 하나 얻어왔다. 초록 식물이 어제보다 오늘 조금 자랐나. 잘 모르겠다. 물을 주고 조금 지나자 화분 받침에 물이 고인다. 그걸 보고 이 식물이 자라고 있을 거라고 그냥 믿어 본다. 내가 쓴 글에서도 무언가 배어 나오고 있어야 할 텐데. 단순하게 쓰고 싶다. 물을 받아먹고 물을 내보내는 화분처럼.

*

　여름은 조금 어지럽다. 빛이 참 곧고. 빛은 언제
나 곧지. 그래도 여름의 빛은 더 곧고 환한 것 같다.
눈부시게 밝은 날들이다.

　반복해서 꾸는 꿈이 있다. 기억이 날 듯 말 듯한
꿈이다. 생각은 여기까지 난다.

"그는 죽음에 대해 정말로 제대로 말하기 시작한 사
람이야. 지금까지와는 달라."

"그가 쓴 죽음에 관한 책은 이런 문장으로 시작해."

꿈에서 깨어나면 그 문장이 무엇이었는지 기억할
수 없다. 그가 누구인지도 알 수 없다. 죽음에 대해
정말 제대로 말하기 시작한 최초의 사람은 대체 누
구였을까. 누구길래 등장하지 않은 채로 등장하는
지. 단 한 번 얼굴을 보여준 적 없으면서 다른 사람
의 입을 통해서만 자꾸 나타나는지. 삶에 대한 생각
만으로도 바빠 죽음에 대해 생각할 겨를이 없었다.

그래서 꿈속의 나는 꽤 주눅이 든 채로 죽음에 대해
정말 제대로 말하는 그를 무서워하고 질투한다. 그
러나 언젠가부터 세상 모든 구석이 죽음의 자리로
보였다. 죽지 말라고 매일 빌면서 구석에 있는 몸들
을 밝은 곳으로 이끌고 나왔다. 여름의 빛 아래로.
여름으로.

*

　세상에서 가장 외로운 사람은 곁에 아무도 없는 사람이 아니라 외롭다고 말할 데가 단 하나뿐인 사람이 아닐까. 단 하나라고 생각했던 것들이 가장 아팠다.

*

    털어버린 주머니가 비었다. 돌아서서 바다로 간
다. 조개껍데기와 돌멩이를 주우러. 몇 번을 털어버
리더라도 다시 몇 번을 주울 것이다. 일부러 줍지
않아도 어느샌가 바짓단 안에, 양말 끝에 매달려 오
는 모래알도 있을 것이다.

*

　사람들의 마음은 이상하다. 그 이상한 것을 붙잡고 산다. 마음과 마음을 엮어볼 수 있다면……

　요즘의 시간은 이렇게 흐른다. 기찻길에 기차가 지나가는 간격으로, CD플레이어 위의 CD가 한 바퀴를 도는 만큼씩. 시계의 숫자도 힘이 없고, 밝고 어두운 것으로 시간을 알아차리기엔 온종일 너무 밝다.

　적고 나면 사라지는 마음이 있고, 적고 나면 더욱 힘이 세지는 마음이 있다. 죽음에 대해서는 한 줄도 적지 못했다. 슬픔에 대해서는 겨우 흉내만 내는 수준이다.

　가장 자주 그리워하는 사람은 죽은 사람이다. 죽은 사람 꿈을 꾸고 일어날 때면 내가 느낄 수 있는 가장 큰 슬픔을 온몸으로 붙잡고 있다. 웅크려 누운 채로. 그게 얼마나 아픈 것이든 그 사람의 흔적이라고 생각하면 크게 기지개를 켜거나 마른세수를 하거나 머리를 세차게 흔들어 털어낼 수 없다.

*

　나에게 슬픔은 그냥 내 것이었다. 함께 짊어지거
나 나눌 수 있는 게 아니라 그냥 내 것. 처음부터 끝
까지 너무 나만의 것. 내 슬픔을 나눌 수도 없었지
만 남의 슬픔을 나눠 진다는 게 어떤 건지도 잘 몰
랐다.

*

    요즘은 밤마다 강변 산책을 한다. 뛰듯이 걷다가, 걷듯이 뛰다가, 걷다가, 느리게 걷다가 돌아오는 날들. 여름의 날들. 강을 따라 걷고 있으면 강물이 무언가를 부드럽게 휘감는 소리가 들린다. 부딪히는 소리와는 다르다. 어떤 모퉁이도 세게 건드리지 않고 구석구석 부드럽게 돌아 나가는 물의 소리를 듣고 있으면 다 괜찮을 것 같다고, 그런 희망에 가까운 착각을 하게 된다. 참 쉽게도. 불안했던 날은 어디로 갔는지 잠깐 다 잊었다. 잠깐 다 잊는 순간 덕분에 아직도 살아 있는 것 같다. 강을 걷고 돌아온 밤에 창을 다 열고 앉아 있으면 기차 지나는 소리가 크게 들린다. 여름의 기차 소리와 겨울의 기차 소리가 어떻게 다를지. 벌써 걱정이 된다. 나는 여름과 겨울의 다른 점을 발견할 때마다 조금 무서워진다.

    아무거나라도 쓰고 잠드는 게 좋겠지만 한참을 아무것도 쓸 수 없었다. 집, 보증금, 계약서, 세금, 보험 같은 말들이 하루를 뒤덮는 게 매일 반복되면 나는 그냥 아무것도 아닌 사람 같다. 사람이 아닌 것 같다고 느껴지기도 한다. 이런 일들을 왜 잘 해낼 수가 없을까. 생활을 잘해야겠다고 생각하지만 내가 무너지는 곳은 늘 생활 앞이다. 밥을 먹고, 잠을 자고, 돈을 쓰고, 돈을 아끼고, 돈을 벌고 그런 일들. 사람을 만나고, 사람과 이야기하고, 사람과 사랑하고, 사람과 미워하고, 사람과 싸우고, 사람과 용서하지 못하고 그런 일들. 잘 해낼 수 없다. 그러나 이렇게 낮은 불을 하나 켜고 앉아 있는 밤이면, 뭐라도 써보겠다고 앉아 있는 밤이면, 어려운 생활이 잠깐 멀리 간 것 같다. 이것 역시 착각이겠지만. 여기는 살아가는 시간이나 공간이 아닌 것 같아서, 내가 잠깐 나 아닌 것도 같아서(그래 봤자 결국 나를 벗어나지 못하지만).

*

　여름은 밝고, 낮이 길다. 낮이 길면 숨어 있기가
힘들다. 지나치게 밝은 시간에는 생각이란 걸 하고
싶지 않다. 커튼을 친 방 안에서 숨을 죽이고 시간
이 지나기를 바란다. 저녁을. 더 깊은 밤을 기다린
다. 모두가 잠드는 시간을.

이유가 궁금했던 날들도 많이 지나갔다. 전엔 모든
일의 이유를 알고 싶었다. 왜 날 사랑하지 않는지.
왜 매일 슬픈 건지. 왜 이렇게까지 힘든 건지. 왜 밝
은 날들은 내게서 멀리 있는지. 내 안에 꽉 갇혀버
린 질문들. 이유가 알고 싶었으나 결국 내가 나라는
것 외에는 아무 답이 없었다. 허공에만 떠돌다 어디
에도 내려앉지 못했던 질문들은 지금 어디쯤에 있
을까. 어디에도 닿지 않았을 것 같다. 영원히 돌고
도는 것이 그 질문들이 태어난 이유일지도 모른다.

*

    살아가는 일들. 살아가는 사람이 겪는 일들. 사람으로 태어나 겪어야 하는 일들이 어렵다. 왜일까. 이런 질문은 이제 하지 않기로 했지만. 이유가 없을 것이다. 찾지 못한 것들은 없다고도 한다는데. 찾지 못한 모든 것은 없는 것과도 같다고. 없는 사람과 없는 사랑과 없는 이유를 아무리 찾아도 찾을 수 없겠지. 이런 말들. 밤새도록 써도 아무 소용 없는 이런 말들. 쓰지 않는 게 차라리 나은 말들. 이런 거라도 써야 편해지는 마음. 그리고 다시 읽어보면 복잡해질 마음. 경솔한 마음.

*

마음과 마음 사이에 떨어진 것을 더듬어보느라
좀처럼 제자리를 벗어나지 못한다. 한 걸음도 떼지
못하는 것들이 제자리에서 얼마나 치열한지 멀리서
흘긋 보는 이들은 모른다. 샅샅이 포옹하는 법을 배
우고 싶다.

*

    점심에는 김밥을 말아먹었다. 밥이 얇게 깔린 김을 둥글게 말면서, 어느 한 군데 모나지 않도록 손끝으로 달래면서, 무언가 둥글어진 것 같다고 생각했다. 눈에 잘 보이지 않는 무언가, 그러니까 마음 언저리의 수상한 구석이 둥글어진 것 같았다.

김밥을 만 것까지는 좋았는데 부엌이 엉망이다. 도마 두 개, 접시 여러 개, 프라이팬, 칼이 널브러져 있고, 다진 당근과 고추가 여기저기 튀어 있는 걸 보면 김밥은 역시 사서 먹는 게 좋을 것 같지만 내가 먹을 김밥 한번 말아보지 않는 생활은 또 아쉬울 것 같다.

    까만 개는 옆에서 장난감을 던져 달라고 성화다. 매일 눈뜨면 장난감 놀이를 하고 싶은 꾸준함과 열의는 어디에서 오는 걸까. 강아지들은 정말 신기하지. 매일 같고, 매일 더 사랑스럽다. 이 까만 눈 까만 코 까만 털의 강아지가 눈 뜨면 옆에 있는 게 나는 맨날 좋다.

*

 시작되지 않았는데 끝나는 것들이 있다. 그러나
착각은 좀 다르지. 착각은 시작된 줄 모르고 시작됐
다가 강제로 끝이 난다. 꿈처럼. 여름의 꿈처럼. 나
는 꿈도 나 같은 꿈만 꾼다. 꿈에선 좀 못 해봤던 것
도 해보면 좋을 텐데. 꿈에서도 그냥 나다. 영원히
나를 끝내지는 못할 것 같다.

*

안방은 침실, 거실은 작업실로 쓰고 있다. 안방에서 일어나 거실로 출근한다. 이제야 이 집이 내 집 같다. 내가 사는 집. 내가 살 수 있는 집. 산다는 말에는 여러 의미가 있지만 그중 하나는 가능하고 하나는 불가능한 삶을 살고 있다. 그러나 정말 이상한 거 아닌가. 돈을 내고 사는 일보다 사람이 살아가는 일 자체가 더 어려워야 하는 거 아닌가. 사람에겐 그래야 하는 거 아닌가. 내가 살 수 있는 삶의 모양이 정해져 있는 것 같다. 어떤 틀 안에서만 움직일 수 있는 사람의 삶도 살아 있다고 할 수 있는 걸까. 어려운 일이다. 마음이 어렵다.

집은 여전히 허전하다. 손 보고 싶은 곳도, 채우고 싶은 것도 많다. 그러나 지금처럼 더 살아도 좋겠다는 생각도 들고. 다만 편한 의자가 하나 있으면 좋겠다. 한 사람 앉을 소파 같은 것. 그렇지만 또 그게 있으면 거기서만 시간을 보낼까 봐 걱정이다. 책상 앞에 앉아 글을 써야 하는데.

나는 언제까지 어떤 것을 쓰면서 살아갈까. 살면서 갈까. 쓰지 않는 삶을 상상하는 것은 어렵지만 그렇다고 쓰는 삶을 상상하며 살았던 것도 아니다. 아무거라도 쓰는 요즘은, 아무도 내 글을 읽지 않을 것 같다. 실은 아무에게도 보이고 싶지 않다. 내 글이 어디로 가고 있는지. 왜 쓰고 있는지. 무엇을 쓰고 싶은 건지. 알 수 없다. 알 수 없는 것은 이제 익숙하다. 알 수 없어서 살았던 날들이 있기에 더는 알 수 없는 것을 두려워하고 싶지 않다.

*

　아무것도 읽고 싶지 않은 날에는 책꽂이 앞에 밤처럼 앉아 책등을 천천히 훑는다. 순서대로, 또 거꾸로, 또 아무 순서 없이. 그럴 때 태어나는 수많은 세계가 있어서 나는 또 새로 살아보고 싶은 생각이 든다. 아직 만나지 못한 세계, 숨겨진 세계를 만나고 싶어서. 작게 반짝이는 낱말과 문장이 연결되며 나를 잠깐 이끈다. 그 잠깐이면 충분할 때가 있다. 잠깐이면.

　아무것도 쓰지 못하는 날에는 노력 없이도 너끈히 외워볼 수 있는 이름을 줄줄이 적는다. 그러면 펼쳐지는 지난 세계가 있다. 다시는 만날 수 없는 세계. 이미 지나가 버린 세계. 기억 속에서만 살아 있는 세계. 수없이 펼쳐져서, 얼마든지 머무를 수 있어서, 그러나 나 아니고서는 아무도 그 세계를 알 수 없어서, 나는 잠깐 숨을 수 있다. 그 잠깐이면 충분할 때가 있다. 그렇게 잠깐 숨어 있는 동안 어느 구석은 조금 파릇해진다.

읽거나 쓰지 못하는 건 밥 못 먹고 잠 못 자는 것
만큼 무섭다. 내가 나로 기능하지 못하는 것 같아서
마음이 갑갑하고 크게 걱정된다. 그러나 밥 못 먹
고 잠 못 자는 사람에게 걱정이 도움될 리 없고. 그
건 글에서도 마찬가지인 것 같다. 알지만 잘 안된다.
너무 잘하고 싶은 것은 항상 어렵다. 쉬운 마음으로
덤빌 수 있는 상대가 아니다.

*

　냉장고에 맥주 한 캔도 없는 밤. 잠깐 에어컨을 끄고 창문을 다 열었다. 덥고 습해서 오늘 밤도 에어컨을 켜놓고 자야겠다. 그래도 잠깐은 괜찮겠지. 잠깐은 습한 여름 공기가 방 안에 가득 차게 두자.

　내가 쓰는 것이 촌스러운가 싶으면서도 나만 생각하면 그렇지 않다. 자꾸 다른 것을 생각하니까 내 글이 촌스럽나, 다르게 써야 하나 싶은 것이지. 나는 이것이 좋다. 물을 주고 화분만큼의 시간이 지나고 나면 물 받침에 물이 고이는 것처럼. 자두 한 입 베어 물고 가만있으면 팔꿈치만큼의 시간을 실감하는 것처럼. 단순한 글. 딱 그만큼인 글. 내 몸에 넉넉하게 잘 맞는 글. 뒤꿈치가 까지지 않고 굳은살이 생기지 않는 신발 같은 글. 그러나 그런 건 어떻게 쓰나…… 고민은 깊어만 간다. 여름밤은 쉽게 깊어지지 않고.

　새벽 두 시가 되어가는데도 밤이 깊었다는 생각이 들지 않는다. 모두 숨죽이는 겨울밤의 고요가 여름밤에는 없다. 잠 설치는 사람이 이 구석 저 구석 많은 걸까. 잠들기 어려운 밤이 이어진다. 서너 시간 지나면 벌써 아침의 기운이 몰려올 것이다. 여름에는 잠을 자도 잔 것 같지 않다. 밤이 너무 짧다.

*

마음이 자주 긁힌다. 칼날이나 송곳처럼 매섭게 날카로운 게 아니라 갈라진 플라스틱이나 오래돼서 녹슬고 뭉뚝해진 못 같은 것에. 스치자마자 베이는 게 아니라 시간이 조금 흐른 뒤에 붉어지고 부어오른 것을 발견하게 된다. 언제 생겼는지 알 수 없는 멍도 이곳저곳 박혀 있다.

부엌 불만 켜두고 거실 바닥에 누워서 이해가 잘 안 되는 책을 소리 내 읽는다. 창문을 열어 두었고 그 사이로 무언가 왔다가 가는 것 같다. 가을 닮은 것이. 아주 잠깐.

*

    중요하지 않은 일들을 상상하는 게 좀 지겹다. 여름이 이미 멀리 간 것 같다. 잠든 사이에 간다는 말도 없이 갔던 사람들처럼. '적어도 나는…' 그런 말들이 입안에서 맴도는 동안 불행하다. 종이를 사러 가야겠다. 크기와 질감이 다양한 종이들을. 색은 흰 것으로만 사겠다. 흰 종이를 모아두는 서랍을 만들어 손 닿기 어려운 곳에 올려 두고 한 번씩만 열고 싶다.

*

　이불 커버 하나와 베개 커버 하나, 얇은 이불 두
장, 그리고 새로 산 수건 열 장, 드라이용 세제로 빨
아야 하는 흰옷과 따로 빨아야 하는 검은 옷. 사흘
내내 빨래를 하고 있다. 작은 건조대에 한 번에 널
수 있는 만큼씩만 세탁하다 보니 그렇다. 내일 집에
손님이 오기로 했다. 손님을 맞을 집치고는 의자도
방석도 이불도 부족하지만 어떻게든 앉고, 눕고, 웃
겠지. 모두가 까만 개를 사랑하여서 내일 까만 개는
많이 행복하겠다. 그걸 지켜보는 나도. 사랑받는 모
습을 지켜보기만 해도 좋은 그 마음은 반드시 사랑
일 것이다.

　아직 정리하지 못한 이삿짐 박스로 가득 찬 작은
방을 치웠다. 박스에 든 물건은 현관 옆 수납장으로
옮기고 빈 박스는 작은 것 몇 개만 남기고 테이프를
뜯어 내다 버렸다. 여름의 뒷모습이 저만치 더 멀어
졌다. 어른어른 보이기는 하지만 곧 점이 되어 사라
질 것 같다. 그 전에 안개 속에 묻힐지도 모른다. 며
칠째 비가 계속 내린다. 하늘이 뿌옇고 안개가 웅성

하다. 뜨겁게 스팀 친 우유를 커피에 부어 마시고 싶지만 잠깐 나갈 수도 없을 만큼 비가 많이 내리니 얼음을 가득 넣은 드립 커피를 한 잔 마신다. 봉지에는 앞으로 한 잔을 더 마실 수 있을 만큼의 원두가 남아 있다. 비가 그치면 얼음도 원두도 한 봉지씩 사다 두어야겠다. 내일 올 손님 모두 커피를 좋아하니까. 집에 있는 얼음 트레이 두 개로는 부족할 것이다.

누군가 오고 가는 것에 무뎌진 것 같지만 또 아주 그렇지는 않은 모양이다. 사람이 오고 사람이 가는 것에 오래 매달려 있었다. 사람이 오고 가는 게 나에게는 너무 큰 사건이었다. 매번 들떴고 매번 슬퍼했다. 오고 갔던 얼굴들이 여름의 뒷모습처럼 어른거린다. 애처로운가. 잘 모르겠다. 그런 것 같지는 않다.

어떻게 이렇게까지 사람인 채로 살아왔을까. 파도 많이 치는 해안가의 방파제처럼 온몸으로, 도무지 어떻게 해볼 수도 없이, 요령 피울 틈도 없이 부딪혔을까. 어디에도 안착하지 못했던 마음들이 홀씨처럼 날린다. 바람 잦은 날만 반갑다.

*

    지난밤 까만 개는 모두를 사랑해야 해서 무척 바빴다. 내 곁에서 잠을 자다가 옆 방의 친구 부부에게로 가서 자다가 다시 거실로 나와 또 다른 친구 부부 곁에서 자기를 밤새 반복했다. 많이 사랑하는 마음을 어떻게 할 줄을 몰라 깊이 잠들지 못하는 둥근 이마가 사랑스럽고 서글프다.

    모두가 돌아간 집에서 개는 현관문을 바라보다가 잠들었다. 기다리기도 했을까. 아니면 여태 보내주는 중이었을까. 나는 그 마음을 알고 있다. 기다리는 것과 여태 보내주는 것의 중간 마음을. 떠난 지 오래된 사람을 여태껏 보내주는 마음, 그러면서 혹시나 돌아올까 기다리는 그 마음을.

    그러나 나와 다른 것이 있다면 까만 개는 앙심 같은 건 품지 않았을 것이다. 나는 널 다 잊을 거야. 너를 그리워하지 않을 거야. 너 없이 더 잘 살 거야. 너는 나 없이 잘 못 지냈으면 좋겠어. 너는 나보다 비참했으면 좋겠어. 그런 마음들. 예전에 나는 그

런 마음에 허덕였다. 나를 떠난 사람들을 생각하면
마음이 나쁘게 부풀었다. 마음을 뾰족한 바늘로 찌
르기 무서워 부푸는 대로 두었던 날들. 누구에게 보
여줄 수도 없고, 버릴 수도 없는 일기장들이 아프게
쌓였던 날들.

*

    친구들이 모두 돌아간 집에서 베개 커버와 수건을 모아 세탁기와 청소기를 돌린다. 이불에 묻은 강아지의 까만 털을 잘 털어내고 차곡차곡 갰다. 곧바로 이불 빨래를 하려다가 그냥 둔다. 왠지 늦지 않게 또 올 것 같아서. 아니면 그랬으면 해서. 둘 중 어느 마음이 유독 크거나 작지 않고 비슷하여 슬프지 않고 든든하다.

    요즘은 작업에 조바심을 느낄 때가 많다. 오늘은 초조한 마음도 잠깐 미뤄두고 친구들의 이야기를 들었다. 만들고 있는 책 이야기나 만들고 싶은 책 이야기였다. 그림 그리고 글쓰는 친구들이 자신의 그림과 글을 담은 책을 직접 만드는 이야기는 아무리 들어도 질리지 않는다. 계속 더 듣고 싶다. 가까이에서. 나도 그런 이야기를 계속 꺼내어 보태는 사람이 되고 싶고. 나간 생활비와 들어온 생활비를 따져보면 금방 머리가 아프지만 다른 삶을 상상하기는 어려워졌다. 낭만을 먹고 산다고 하기엔 이건 낭만이 아니라 너무나 현실이다. 내가 글을 쓰고 책

을 팔아 벌 수 있는 돈은 조금이고 생활하면서 아쉬
운 것은 많다. 더 갖추고 싶은 마음이 운동화 속으
로 들어온 모래 같다. 발밑에서 버석거린다.

그러나 다정한 사람들이 다녀간 다음에는 그렇
지 않다. 모든 것이 충분하고 모든 것이 괜찮다는
착각을 또 잠깐 한다. 늘 그랬듯 그 잠깐이면 충분
할 때가 있다. 충분해서 다시 더 많은 시간 버티며
살아갈 수 있다. 다리 하나로 혼자 버티는 것이 아
니라, 무언가 짚기도 하고 기대기도 하면서.

*

　나는 요즘 혼자 지내는 것이 편하고 좋으면서 외롭다. 함께 음식을 먹고, 함께 산책하고, 함께 개를 쓰다듬고 안는 생활이 좋아서 이 흰 집에, 강가가 보이고 산이 보이는 10층의 작고 오래된 집에 누군가 함께 살아도 좋겠다는 생각을 한다. 아침을 차려 먹고, 산책하고, 밤이면 낮은 불을 켜놓고 함께 책 읽는 사람. 서로의 모습을 웃겨하고 또 슬퍼하는 사람. 무엇이든 나눌 사람. 시간과 음식과 술과 이야기를. 또 서로의 얼굴을 계속 간직할 사람. 혼자서는 추스르거나 간직하지 못하는 얼굴을. '사람'의 자리에 '사이'라는 단어를 넣어 본다. 그래도 좋을 것 같아서. 서로의 모습을 웃겨하고 또 슬퍼하는 사이. 무엇이든 나눌 사이. 음식과 술과 시간과 이야기를. 또 서로의 얼굴을 계속 간직할 사이. 혼자서는 추스르거나 간직하지 못하는 얼굴을.

*

여름이 다 어디에 갔나. 흔적을 찾기가 어렵다. 갑자기 사라진 것 같다. 갑자기 사라진 것은 남겨진 마음을 외롭게 만든다. 아마 그 사실조차 모르겠지. 갑자기 사라지는 것들은 그런 영혼을 가졌을 것이다. 누가 남았는지, 누가 외로운지 관심도 없을 것이다. 밤에는 창을 다 닫고 이불을 덮고 자게 됐다. 바로 며칠 전만 해도 에어컨을 틀고 잠들었는데.

비가 많이 내린다. 비의 시간이 끝나고 나면 여름의 흔적이 다 지워질 것 같다. 올여름엔 바다로 수영도 못 갔는데. 사랑할 겨를이 없던 연애가 끝난 기분이다. 어쩔 도리는 없고, 아쉬워하기엔 내 탓인 것 같아서 아쉬운 마음을 꾹 누른다. 어젯밤에는 날씨가 선선해져 다시 책을 들이고 싶다는 서점의 연락을 받았다. 그런가. 날이 선선해지면 역시 끌어안을 것이 필요해지는 걸까. 겨울에 한참 듣던 피아노 연주곡을 틀었다.

*

    겨울에도 가을에도 걸었지만, 꼭 여름으로 기억
되는 길이 있다. 겨울에도 가을에도 만났지만, 꼭 여
름으로만 기억되는 사람도.

여름을 닮은 어떤 사람은 너무 환해서 내 앞으로 걸
어오기만 해도 마음에 환한 점들이 박힌다. 그런 사
람과 만나고, 이야기하고, 껴안고, 눈을 마주치고 함
께 크게 웃는 동안 마음은 금세 환해진다. 눈부시게
밝은 것이 내 마음이 아닌 것 같아 쑥스럽다. 새로
머리를 하거나 새 옷을 사고 나서 거울에 모습을 비
춰보는 기분이다. 조금 어색하긴 하지만 싫지 않아
서 자꾸 거울을 보는 마음. 샅샅이 들여다보지는 못
하고 괜히 시선을 이리저리 돌리는 마음. 내 모습이
이렇게 괜찮았나. 내 마음이 이렇게 환했나. 조금 창
피하고 아주아주 좋은 마음.

*

비가 그친 오후에 강가를 걸었다. 집에 돌아와 강가의 귀퉁이를 내려다보며 함께 걷던 개와 개들과 사람들의 움직임을 다시 떠올린다. 물을 넉넉하게 부어 갠 물감을 부드러운 붓끝에 묻혀 희고 큰 종이에 그림을 그린다고 생각하면서. 걷기 시작할 즘엔 큰 무지개를 보았다. 코앞만 볼 수 있던 시선의 범위가 조금 넓어진 것 같은 기분이었다. 반드시 먼 곳을 봐야 하는 건 아니지만, 코앞만 보다가 멀리 보게 되거나, 먼 곳만 보다가 바로 옆과 발밑을 바라보게 되는 순간엔 좀 반가운 마음이 된다. 큰 무지개를 발견한 마음처럼 깨끗하게 개는 마음. 막 세수를 하고 나온 아이의 얼굴 같은 마음.

멀리도 보다가 발밑도 보다가 하였던 오늘의 산책을 기록해두고 싶어 늦기 전에 쓴다. 몸이 피곤하여 잠이 들었다가도 밤이 다 지나기 전에 누운 자리를 털고 일어나 쓸 수 있는 사람이 되어서 다행이다. 이럴 때 쓰고 있으면 코앞도 보고 저 멀리 강 건너도 보는 기분이 들어 좋다. 기분 이야기를 너무 많이 한 것 같지만. 또 잠깐 숨 고르고 멀리 내다보면 될 일이다.

　무조건 다 좋을 거라는 식의 맹목적인 긍정은 부담스럽다. 좁은 복도에서 옆을 둘러보지 않고 마구 내달리는 사람 같다. 그러나 발밑을 조용히 다지며 하는 다짐에는 멀리 나아가려는 마음이 있다. 도약하기 전의 마음이. 어디로든 뻗어 나가려는 마음이. 출발하자마자 무언가에 걸려 넘어지지는 않으려고 바닥을 고르는 것이다. 스스로에게 잘 하지 않는 말을 오늘은 해보려고 한다. 괜찮아. 잘 할 수 있어. 그런 말. 무지개 뜬 날이니까. 무지개를 보며 약간의 희망을 가져보는 뻔한 마음이 싫지 않다. 다행인 것도 같다. 몇몇 다행을 발견한 하루였다.

*

오늘은 이른 아침부터 저녁 무렵까지 바깥에서 시간을 보내느라 집 안의 생활을 잘 돌보지 못했다. 내일 아침에는 구석구석 먼지를 쓸고 물에 담가 둔 그릇과 물컵을 씻고 냉장고에 남은 야채와 과일이 무르지 않았는지 살펴야겠다. 생활의 모든 둘레를 잘 돌보고 싶다. 그래야 코앞의 삶이 무너지지 않을 것이고 그래야 더 먼 곳의 내가 무너지지 않을 것이다. 괜찮다. 잘 할 수 있을 것이다. 아마도. 이런 약하고 질긴 희망.

*

(1)

낮에는 수면 위를 떠다니며 깊은 바닥을 훑어보았
다. 새까만 성게와 커다란 바위에 붙어 있는 고둥,
작고 큰 물고기들, 비닐과 플라스틱. 들여다본 바다
는 얕고, 깊고, 아름답고, 슬프고, 끔찍했다.

(2)

사람들이 모두 다녀간 뒤, 밤이 들어앉은 해수욕장
을 떠올리면 쓸쓸할 때가 있었다. 지금은 평안과 고
요를 생각한다.

(3)

눈을 감으면 모래알이 발가락 사이를 쓸고 지나간
다. 눈을 감고도 바다에 갈 수 있다.

(4)

어떤 착각이 정확하게 닿는 지점이 꿈으로 번진다.
눈감고도 선명하게 떠올릴 수 있는 사람, 그의 손금,
온기. 눈감고도 가볼 수 있는 바다, 골목길, 두 사람의 은신처. 깨고 나면 쓸쓸해서 못 견디는 꿈 아니라 접어서 오래 간직하고 싶은 꿈. 허상 아닌 환상. 그런 꿈에선 제한 시간도 피니시 라인도 없다. 어떤 모퉁이에도 부딪히지 않고 자유로이 유영할 수 있다. 방황 아닌 방랑.

(5)

눈을 감으면 모래알이 발가락 사이를 쓸고 지나간다. 야트막한 파도가 부드럽게 미는 대로 몸을 맡긴다. 힘을 빼고 팔과 다리를 휘적인다.

(6)

눈을 감고도 바다에 갈 수 있다. 이 모든 것은 착각이지만 현실의 어느 어두운 구석보다 현실 같기도 하다.

(7)

깊은 바다에 나갔다가 돌아 들어온다. 얕고 깊고 아름답고 슬프고 끔찍한 바다.
이건 꿈이다.
꿈이 아니다.

*

어제는 물놀이를 마치고 포항의 엄마 집에서 잤다. 하루 더 있다가 올까 싶었지만, 밤에 태풍으로 큰비가 온다는데 열어둔 창문이 생각나 경주로 돌아왔다. 돌아오는 길에 어느 드라마 대사가 생각났다. 돌아오고 싶어서 집을 만들었다는 말, 돌아가는 곳이 집이라는 말.

경주로 돌아와 빈집 문을 연다. 이사를 오고 나서 처음 몇 주간은 집을 오래 비웠다 돌아온 밤에 현관문을 열기가 무서웠다. 내 집이 아닌 것 같아서. 모르는 사람이 있을 것 같아서. 현관문을 고정해 두고 방과 베란다의 구석까지 살피고서야 문을 닫곤 했다. 빈집에 들어가는 게 낯설고 무서운 밤들이었다. 집이 낯선 것은 까만 개도 마찬가지라 혼자 집에 두면 퍽 불안해한다. 그래서 어디든 함께 다니고 있다. 함께 카페에, 맥줏집에 가고, 서점으로 출근한다. 언제나 함께 나갔다가 함께 돌아온다. 까만 개가 혼자 있다가 나를 반기는 곳이 아니라 함께 문을 열고 나갔다가 함께 문을 닫고 들어오는 곳이 지금 나의 집이다.

*

간밤부터 큰 비가 내렸다. 거실에 앉아 베란다 창을 내다보면 아파트 1동과 2동 사이로 작게 강가가 보인다. 강물이 많이 불어나 산책로를 넘었다. 비가 잠깐 그친 사이에 까만 개와 강가를 걸었다. 불어난 강물을 타고 넘어온 물풀이 가로등마다 휘감겨 있었다. 산책로를 넘을 만큼 강물이 불었는데도 공격적이라거나 위협적이라는 생각이 들지는 않았다.

어렸을 때는 하천 옆에 살았는데 근방에 댐이 있었다. 큰 비가 내리거나 태풍이 오면 댐이 수문을 개방해 집 앞 하천이 무섭게 불어났다. 쳐다보고 있으면 꼭 빨려 들어갈 것처럼 무서웠다. 강물이 모든 것을 집어 삼킬 것 같았다. 동네 어른들은 이런 물을 오래 보고 있으면 사람이 빠진다고. 자기도 모르게 빠지는 거라고 했다. 나는 그러고 싶지 않다고 생각하면서도 어쩐지 왜 그러는지 알 것 같다고 생각했다.

집에 돌아오자마자 다시 비가 내린다. 개는 빗물이 고인 길을 걷느라 배가 다 젖었고 자기 걸음에 튄 흙을 잔뜩 묻혀왔다. 발과 배를 씻은 개가 곁에서 낮잠을 잔다. 함께 나갔다가 돌아온 뒤에는 잠을 잘 때도 세 걸음 이상 멀어지지 않는다.

*

　한 달에 며칠 정도는 밤새 비어 있던 서점 문을
처음 열고 들어가는 사람이 된다. 문을 열고 들어가
면 불 꺼진 서점의 고요가 밀려온다. 그 안에는 서
점 냄새가 섞여 있다. 종이 냄새와 잉크 냄새, 그리
고 약간의 향초 냄새가 모두 섞인 게 서점 냄새다.
불을 켜고 CD를 고르고 커튼을 연다. 하루하루 넘
기는 일력이 오늘 날짜인지 확인하고 책이 제자리
에 잘 있는지, 새로 들어온 책이 있는지 살핀다. 한
달에 삼사일 출근하는 서점에서의 일이다. 서점에
서 일한 지는 몇 달 되었다. 이번 달부터는 대구의
다른 서점에서도 일하게 됐다. 모두 합치면 한 달에
칠일 정도 서점원이 되는 것이다. 이때도 까만 개와
함께한다. 개는 구석에 깔아놓은 담요 위에 누워 일
하는 나를 쳐다보다가 잠을 자다가 막아놓은 통로
앞에 가서 손님들을 쳐다본다. 어느 손님이 그 모습
을 발견하여 귀엽다고 외마디 비명을 지르면 꽤 만
족한 얼굴로 자기 자리에 돌아온다.

　종일 책을 만지는 일은 좋고 힘들다. 팔 책을 만

지다 보면 읽을 책은 한 번도 못 만지는 날도 많다. 온종일 책을 만지다가 돌아오면 집에 와서는 책 한 권 만지지 않기도 하고. 책을 쓰고, 만들고, 팔고, 정리하는 일. 어쩌다가 이렇게 책에 단단히 꿰여서 살게 됐을까. 언제까지 책을 쓰고, 만들고, 팔면서 살게 될까.

*

　까만 개와 대구의 서점으로 출근했다. 3층에 있는 작은 책방이다. 카운터에 앉아서 11시 방향의 큰 창을 내다보면 다리를 꼬고 책을 읽는 유령 그림과 책방 이름이 보이고 그 밑으로는 태극기가 휘날리고 있다. 국경일이 아니어도 그렇다. 책이 가득 찬 공간에 있는 것은 늘 기분 좋은 일이다.

　옆 동네에는 5층에서 서점을 운영하는 친구가 있다. 서점에 놀러 가고 싶어도 3층의 책방과 여는 시간과 닫는 시간이 겹치기 때문에 갈 수가 없다. 또 다른 옆 동네에도 책방을 꾸리며 지내는 친구들이 있다. 예전에 나는 한 달에 책 1권을 겨우 읽는 사람이었는데. 이제는 책을 많이 산다. 산 책을 모두 읽지는 않는다. 또 책을 몇 권 만들었고. 그리고 또… 책을 쓰거나 만들거나 파는 친구들이 많이 생겼다.

　3층 서점에서 까만 개의 자리는 내가 앉은 의자 오른쪽, 주방을 가린 커튼 옆이다. 그곳에 까만 개가 쓰던 담요를 깔아주었다. 그렇지만 담요 위보다는 내가 앉은 의자를 지붕 삼아 엎드려 있을 때가 많다. 서점에 있을 때는 놀자고 보채지 않고 자기의 자리를 잘 지키고 있는다.

3층 서점에 출근하면 커튼과 블라인드를 젖히고 유리로 된 출입문에 난 손자국을 닦고 서가의 먼지를 털거나 흐트러진 책을 정돈한다. 노래를 틀고 컴퓨터를 켜서 전달 사항을 확인한다. 전날 들어온 온라인 주문 건들을 챙겨 포장한다. 택배 봉투 겉면에는 주문자의 이름을 적고 그 옆에 유령 그림을 그린다. 나는 유령 그림 그리는 것이 재미있고 조금 떨린다. 그리고 새로 들어온 책 택배를 풀어 정리하고 손님도 맞고 그런다. 새로 들어온 책들도 한 번 훑어보고. 모든 책을 다 읽을 수는 없지만 그래도 어떤 책이 있는지는 알아야 하니까. 경주의 1층 서점에서도 일을 하지만, 이곳과 그곳의 일은 조금 다르다. 책방에서 취급하는 책의 종류도 다르고. 나는 여기도 좋고 거기도 좋다. 책이 많아서 좋고 까만 개와 함께 있을 수 있어서 좋다.

*

　오후에는 304낭독회에 낭독자로 참여했다. 낭독
회는 4시 16분에 시작되는데 4시 10분쯤 빨래가 다
됐다는 알람 소리가 들려 부랴부랴 빨래를 널었다.
급한 마음에 제대로 털지도 못하고 널었는데 한 시
간 남짓의 낭독회가 끝난 뒤 베란다에 나가 보니 빨
래가 잘 말라 있었다. 유독 빛이 좋았다. 여름엔 해
가 길어 빨래 널기에 좋다. 낭독회에서는 젖어 있는
마음에 대한 글을 읽었다. 매일 젖어 있는 마음, 한
번 헹구어서 널어 둘 곳을 매일 찾아야 하는 사람의
마음, 고단한 마음. 산책을 해야겠다. 조금 슬픈 마
음 위에 조금 씩씩한 마음을 덮어서 걸어야겠다. 나
가기 전에 과탄산소다에 담가 둔 행주를 식초 탄 물
에 헹구어 널었다. 산책을 마치고 돌아오면 여름 해
아래서 잘 말라 있을 것이다. 누가 들어주는 것만으
로도 나아지는 마음이 있다.

*

    조금 슬픈 마음 위에 조금 씩씩한 마음을 덮어서 걷고 있으면 다른 날들의 나도 함께 걷는 기분이 든다. 한걸음에 여러 걸음이 겹쳐지는 것이다. 거기에는 울었던 나도 있고, 울고 싶었으나 울지 못했던 나도 있고, 작은 나도, 작아졌던 나도, 누군가의 손을 잡던 나도, 누군가의 손을 놓치거나 뿌리쳤던 나도 있다. 한걸음에 여러 걸음을 겹쳐 걷고 있으면, 그래서 걸음걸음이 선명하게 자국을 남길 때면, 예전에 삼켰던 말들이나 눈물이나 얼굴 같은 것이 한번에 와르르 쏟아질 것처럼 울렁거릴 때가 있다. 그러면 잠깐만 운다. 속 시원히 울지는 못하고 반은 삼키고 반은 넘치도록 두면서.

너무 큰 슬픔을 안고 사는 사람들을 생각하면 슬픈 마음을 조금 숨기게 된다. 보풀처럼 숨기고 싶은 것은 아니고, 다만…….

    슬퍼하는 일에도 자격이 있을까. 아주 먼 마음에서는 그렇지 않다고 하는데 나는 못 들은 척하면서 몰래 슬퍼하고 숨어서 운다. 울고 싶어는 하고 잘 울지는 않는다. 슬퍼할 자격이 없다고 여겨서, 그래서 마음은 매일 젖어 있는 걸까.

*

어제와 오늘, 같은 바다에서 다른 시간을 보낸다.
바다는 여전하고. 좋은 계절을 지나고 있음을 느낀
다. 창문을 다 열어도 좋은 계절. 오래 바깥에 있어
도 무섭지 않은 계절. 금방 끝나버릴 계절.

머리를 짧게 자를까 싶다가도 머리를 둘둘 말아 벙
거지 모자 밑에 쏙 넣을 때면 그게 그렇게 편하고
시원하고 좋다. 아무리 짧게 잘라도 그런 시원함은
쉽지 않을 것이다. 모자를 쓰면 내가 잠깐 다른 사
람이 된 것 같다. 그래서인지 모자를 쓰고 나면 거
울이 보일 때마다 모습을 비춰 본다.

*

　도무지 해를 길게 볼 수 없는 날들이다. 비 오는
줄 모르고 나갔는데 비가 와서 밤비를 맞으며 풀이
없는 자리를 골라 달렸다. 오늘도 까만 개와 함께였
다.

*

　모든 날에 즐겁게 산책하는 건 아니다. 조금은 억지로 나가는 산책도 있다. 그런 날엔 뜻밖의 즐거움을 만나기도 하지만, 작은 발견 하나 없이 돌아오기도 한다. 나가기 싫은 발걸음을 이끌고 처음 가보는 산책로를 찾아갔는데 통제구역 테이프로 막아놨을 때. 바로 옆 전망대로 갔는데 강아지 출입금지일 때. 돌고 돌아 자주 다니던 공원에 갔는데 파리 떼가 개의 눈가에 하염없이 붙을 때. 쫓아내고 뛰어봐도 기어이 따라붙을 때. 산책을 끝내고 장을 보러 갔는데 자꾸 사람들과 부딪힐 때.

　한 번도 너그러워지지 못하고 집으로 돌아와 욕실에서 개를 씻긴다. 눈가와 얼굴 주위를 더욱 꼼꼼하게 씻기면서, 안충이 생기지 말아야 한다고 말을 한다. 나도 듣고 강아지도 듣는데 아무도 듣지 않은 것 같다. 아무 일도 아니었는데. 그냥 산책하러 나갔고, 걸었고, 집에 돌아왔을 뿐인데. 갑자기 울고 싶어지는 마음은 어디서부터 따라온 걸까. 산책로에서, 아니면 공원에서, 아니면 마트에서, 아니면 현관

문 앞, 그것도 아니면 아주 먼 옛날에서부터.

개는 늘어져서 잠을 자고 나는 장바구니를 끌러 냉장고를 정리한다. 김치 봉지를 잘라 통에 옮겨 담고, 오늘 내에 먹어야 할 식재료를 골라내고, 캔과 비닐과 플라스틱을 헹궈 속을 비우고 분리수거를 한다. 얼음은 언제 다 얼어서 아이스 커피를 마실 수 있을지, 세탁기는 몇 분 남았는지, 기다리면 다가올 시간을 가늠해본다. 생활의 둘레를 다 닦아주는 일이 지겹고 어렵다. 시간이 아무리 흘러도 그럴 것 같다. 오늘은 정말로 산책하고 싶지 않았다.

*

코로나 백신 접종을 하고 이틀간 몸이 좋지 않았
다. 주사 맞은 팔을 조금도 쓸 수 없었고 두통과 열
을 동반한 몸살 기운에 온종일 누워 있었다. 까만
개는 내 근처에 누워 심심해했다. 많이 보채지는 않
고 조금만 보채면서. 착한 이마를 가만 보고 있으면
슬프다. 까만 털을 내내 쓰다듬었다.

*

　관리실 안내 방송 소리는 지나치게 큰 것 같다. 큰 소리들이 다 별로다. 별로 좋지 않고, 별로 좋지 않음을 넘어서 역시나 나쁨에 가깝다. 큰 소리 중에 내가 좋아하는 소리는 뭐가 있지? 생각해 봐야겠다. 하나도 없을 리는 없겠지.

분명한 가을 날씨가 이어지는데 잦은 비 때문에 좀처럼 야외 생활을 즐길 수 없어 그게 좀 아깝다.

*

낮에는 베란다에 의자를 내다 놓고 앉아서 기차 지나는 것을 보았다. 기찻길로는 고속열차가 아닌 무궁화 열차나 화물열차가 지난다. 베란다 구석에서 비스듬히 내다보면 기찻길이 조금 보이고 기차는 구릉 사이로 들어가며 금방 모습을 감춘다. 낮에는 다른 소리가 많이 나서 기차가 지나갈 때마다 알아차리지는 못한다. 그러나 밤에는 다르다. 많은 소리가 가라앉은 밤에는 기차가 지나갈 때마다 알 수 있다. 기차 지나는 소리가 잘 들리면 밤의 깊이를 실감한다. 여름밤에는 기차 소리가 가깝게 들렸다. 겨울에는 또 어떻게 다를까.

여름이 정말로 다 갔다. 여름 소리와 여름의 색을 다시 만나려면 긴 시간이 필요하겠지. 이제부터는 기다림의 시간이다. 보내고 나면 다시 오기를 기다리고, 만나면 얼른 지나가기를 기다리는 여름. 언제나 아름다웠다. 여름의 빛과 여름의 초록과 여름의 웃음소리는 아름답지 않은 적이 없었다. 겨울의 빛과 겨울의 초록 없음과 겨울의 웃음소리와는 다

른 여름의 것들. 다시 올 때까지 그리워하겠지. 여름
낮의 빛이 골고루 비추는 시간을.

밤이 깊어졌다.

3부

*

　조급한 마음은 늘 있었고. 그러니까 이건 겨울이 다가와서 그런 게 아니다. 겨울은 그냥 자리를 찾은 것뿐인데 나는 계절 뒤에 숨을 생각에 바쁘다.

*

　여름에도 앉았던 책상 앞에 앉아서 여름에도 읽었던 책을 읽고 여름에도 쓰던 원고를 이어서 쓴다. 창을 다 닫아 두었고, 기차 소리는 잘 들리지 않는다. 여름에는 없던 커튼이 새로 생겼다. 여름에 없던 낮은 책장도 생겼다. 여전한 장면과 새로 나타난 장면을 번갈아 가면서 바라본다. 그 사이에 무엇이 있었는지, 무엇이 새로 생겨나고 있는지 상상하면서. 이 자리에 축적된 것은 시간일까 침묵일까 체념일까. 여기에 앉았던 매일의 내가 있었는데, 그것이 오래전 일 같다. 오래된 나는 타인 같이 느껴져서 처음으로 내 얼굴을 내가 볼 수 있을 것 같다는 착각이 들고. 그건 무섭다. 넘어가고 넘어갔던 파고와 같은 더 오래된 시간들도 생각한다. 그러면 너무 멀리 밀려온 것 같아서 뭍으로 돌아가고 싶다. 그렇지만 나에게 돌아갈 곳이 있을 리가 없고. 돌아가고 있다는 착각을 위해서 무엇을 할 수 있을까.

*

　이쪽이야, 하고 손 흔드는 사람이 있는 것 같았
는데

어제는 이렇게 시작하는 글을 썼다. 그걸 시라고 부
르고 싶었다.

*

　원 없이 가을에 있었다. 가장 긴 가을을 보냈다.
걷고 머물고 떠나보내면서. 여름을 정리하거나 겨
울을 준비하는 계절이 아니라 가을을. 오직 가을만
으로. 그러나 그 이야기를 자세히 하지는 않겠다. 가
을의 밝아지고 어두워지는 것, 한낮의 따가운 볕과
추운 밤, 변해가는 빛들, 떨어지거나 두터워지는 것
을 보았고 많이 걸었다. 날마다 나가서 걸었다. 가
을의 일은 그것이 전부다. 다른 일은 전혀 중요하지
않아서 없는 일처럼 생각되기도 했다. 그것이 전부
다.

*

낮에는 형산강을 따라 걸었다. 멀리까지 가려다가 중간에 되돌아왔다. 나무가 좀 더 있으면 좋겠다는 생각을 했던 것 같다. 그늘과 이파리의 이미지를 그리면서. 다녀와서는 매운 떡볶이를 시켜 먹었다. 요즘은 매운 것이 자꾸 생각난다. 옥수수 차도 끓였다.

말수가 준 것 같다. 마주 앉아 말할 사람이 없어서 그런 걸 수도 있고, 말을 하면 할수록 후회하는 일이 쌓이다 보니 그렇게 된 것 같기도 하다. 말수가 줄면서 말하기 기능도 떨어진 것 같다. 여럿이서 대화를 하면 자꾸 딴생각을 하다가 이야기의 맥락과 전혀 상관없는 말을 하게 된다. 지금보다 더 말수가 줄어들 것 같다고 생각했다.

띄엄띄엄 넘어가는 일은 반갑다. 간격이나 여백 같은 것이 드디어 생기는 것 같아서. 내가 쓰는 것이 시는 아니지만 시 닮은 것이라면, 간격을 갖는 것은 반가운 일이겠지 싶다. 요즘 쓰고 싶은 것은 걷는 것에 대한 이야기이기도 하고, 걸으면서 가지게 된 작은 마음이나, 예전에 걸었던 이야기이기도 하다. 사실 인간은 늘 걷고 있다. 걷고 있지 않기도 하다. 오늘은 아무거나라도 쓰기로 했으니 쓰는 말이다. 별 뜻은 없다.

　마주 앉아 말할 일이 준 것과는 별개로, 말수가 준 것과는 별개로, 나는 듣고 싶은 말이 많이 생긴 것 같다. 유튜브나 팟캐스트를 뒤적거리다가 마땅한 것을 찾아 틀어놓고 잠을 자거나 다른 글을 읽거나 하면 듣는 것도 읽는 것도 자는 것도 뭐 하나 제대로 할 수 없을 때가 많지만 그래도 그런 식으로 어떤 목소리를 곁에 두고 있다. 내일은 해 질 무렵부터 서점에 나가 마감을 하기로 했다. 걸어서 갈 수도 있을 것 같고. 미세 먼지가 어떤지를 지켜봐야겠다.

　옥수수 차가 우러나는 중이다. 냄새가 퍼진다. 잠깐 사이였다. 물을 끓이고 차 주머니를 넣고... 잠깐 사이에 더 멀리 갈 수도 있었겠지.

밤새도록 쓴다면 어떨까.

조급한 마음은 항상 깔려 있다. 그렇지만 느리게 걸을 것이다. 피곤할 것 같으면 끝까지 가지 않고도 되돌아 올 것이고, 듣고 싶은 말을 듣기 위해 어디론가 찾아 나설 것이다.

밤새도록 쓴다면 밤새도록 아픈 일이겠지.

말과 말을, 문장과 문장을 격자로 쌓아 올리는 장면을 상상한다. 위태롭고, 불안한 나뭇가지들 같은 것을.

*

    가을과 봄은 준비 없이 맞는데 겨울은 꼭 날 준비를 미리부터 하게 된다. 여름도 그렇고. 겨울에 필요한 물건은 어째서 매 겨울마다 생기는지 모르겠다. 여름도 그렇고. 겨울과 여름은 나는 것이어서 그런가. 봄과 가을은 보내는 계절이고 겨울과 여름은 나는 계절인가. 그래서 그런가. 내 이야기를 준비하는 것은 감사한 일이지만 매우 어려운 일이기도 하다. 지금껏 내 이야기를 들어주는 사람이 너무 없었기 때문에 그렇다. 내 이야기를 하는 것이 어렵다. 잘 닦여진 길보다 사람과 사람이 발로, 발로, 발로 낸 길들이 걷기에 좋다.

*

어젯밤은 꼭 겨울처럼 추웠다. 준희에게 카드를 썼다. 크리스마스는 아직 한 달도 더 남았지만.

준희에게.

준희야, 깜디를 좋아해 주고 깜디가 받아들일 수 있는 방법으로 천천히 다가와 줘서 기뻤어. 고마워. 깜디도 기뻤을 거야.

깜디 그림이 그려진 그림책을 선물하고 싶은데 받아 줄래? (깜디 그림은 마지막에 있어)

메리 크리스마스!

-수영

*

　겨울의 집은 조용하다. 창과 덧창을 다 닫은 집
은 지나치게 조용해서 겨울에는 소리가 없는 것 같
다고 착각하게 된다. 창을 다 열었던 여름의 집에
서는 온갖 소리가 다 여름의 소리라는 착각을 했다.
너무 조용한 곳은 평화롭고 외롭다. 겨울 한낮의 빛
이 집안 깊숙이 들어온다.

*

    낮에는 겨울 조끼와 겨울 외투를 입고 겨울 장갑을 끼고 겨울 모자를 쓰고 겨울 양말을 신고 걸었다. 처음엔 추웠는데 걷다 보니 땀이 났다. 이 정도 차림새는 아직 아닌가 싶어서 내일은 조끼와 장갑은 빼야겠다고 생각했다.

    걷던 중에 어젯밤 꾼 꿈이 갑자기 떠올랐다. 그리운 사람이 나왔다. 그리운 사람은 요즘 꿈에 자주 온다. 얼마 전 꿈에서라도 만나고 싶다고 엉엉 울며 잠든 후로는 거의 모든 꿈에 나온다. 꿈에 그 사람이 무슨 말을 했던 것 같은데 깨면 아무 말도 생각나지 않는다. 다만 어떤 자세와 온기만 남는다. 주로 손과 관련된 것이다. 내 얼굴을 쓰다듬던 손, 팔벌려 안아 등을 쓸어내리는 손. 그리고 손을 맞잡고 있으면 내 손등을 살살 쓸던 엄지손가락 같은 것. 강가를 걷다가 생각나서 조금 울었다. 우리가 함께 걷던 강가의 풍경과도 닮아서. 보리차를 끓여 함께 후후 불어 마시던 겨울날과 오늘이 꼭 닮아서. 그립고 보고 싶어서. 많이 사랑했지만 사실 아주 좋은 사람은 아니었던 사람. 많이 믿었지만 오랫동안 나를 속여온 사람.

*

집에 딱 하나 있는 화분에 물을 주다가 엄마에게
도로 가져다줘야겠다고 생각했다. 한 번 실패한 경
험은 사람을 이렇게 겁쟁이로 만든다. 잘 해낼 자신
이 없다. 손바닥만 한 화분 하나가 이렇게나 어렵다.
함께 긴 겨울을 나기엔 여기는 너무 외로울 것이다.

*

어떤 마음은 흘러가게 해야 한다. 고여 있는 마음의 둑을 터서 어디로든 흘러가게, 어디에든 닿게 해야 한다. 없는 마음이 되게 내버려 두어서는 안 된다. 어떤 마음이 있었는지 누군가는 알게 해야 한다. 아무리 볼품없는 마음이어도, 숨기고 싶은 마음이어도, 아무도 알지 않았으면 하는 마음이어도.

이런 상상을 한다. 내가 알아야 했을 마음, 알았더라면 덜 불행했을 마음이 뒤늦게 흘러 나에게 오는 것을. 나에게 오지 못했던 마음들. 애초에 없을지도 모르지만 있다고 생각하면서. 이미 지나간 시간에 희망과 기대를 걸고 있다고 말하기가 부끄럽고 구차하다. 다 버리지 못하고 있다고. 아직 그러고 있다고 말하기가.

그러나 나는 아직 거기에 있다. 아직 거기에 있는 내가 있어서 다 포기할 수가 없다. 오래된 마음들의 둑을 헐기 위해 애를 쓴다. 고여 있는 마음을 어디로든 흘러가게 하려고. 누군가 알게 하려고. 혼자만 알고 있지 않으려고. 비슷한 마음들끼리 모여 많은 작은 마음들을 이루게 하려고. 그렇게 해도 큰 마음이 되지 않으니 마음 놓고 모여도 된다고 말하려고. 마음의 뒷골목에서 엉킨 마음을 푼다. 작은 마음 조각들. 마음과 마음과 마음들.

나는 오래된 일과 마음을 잘 닦아주고 싶다. 내 안에 고여 있는 마음, 혹은 내가 사랑했던 사람 마음에 고여 있을 마음, 이제는 알 수 없는 마음, 그래서 상상해보는 수밖에는 없는 마음, 아무리 상상해도 달라지는 것이 없지만 계속 닿아보려고 손을 뻗어보는 수밖에는 없는 마음. 잘 닦은 마음을 눈길 닿는 곳에 올려두고 자주 들여다보고 싶다.

*

　다행인 일들을 자세히 들여다보면 대부분 슬픈 것 같다. 대부분이란 말은 얼마나 비겁한가. 오래 생각한다. 오래라고 쓰지만 그다지 시간을 들이지 않을 게 틀림없다. 단지 시늉일까 봐 떨리는 날들. 겨울이어서 그런 것만은 아닐 테고. 겨울 핑계를 대는 건 그만두고 싶지만 그게 비겁하단 생각은 하지 않는다. 겨울에는 겨울 핑계, 봄에는 봄 핑계. 그게 비겁하단 생각은 하지 않는다.

　나처럼 가리려고 손에 든 것이 많은 사람은 가리는 것 없는 투명한 얼굴이 부럽다.

　베란다를 향해 의자를 놓고 앉아 있으면 강도 보이고 낮은 산도 보이지만 가장 눈에 띄는 것은 많은 창문들이다. 그리고 창문 너머의 긴 복도. 내가 사는 오래된 아파트는 ㄱ자의 1동과 일자로 된 2동으로 나누어져 있는데 나는 1동 남쪽 복도의 거의 끝 집이고 맨 꼭대기 층에 살고 있어 맞은편 2동도 잘 보이고 같은 동의 동쪽 복도도 잘 보인다. 같은 동 동편과 2동 사이로는 형산강이 작게 보인다. 동향집에선 정면으로 강이 보일 것이다. 강이 정면으로 보이진 않지만 지금도 좋다. 아침부터 오후까지 해가 잘 들고, 강도 산도 기찻길도 조금씩 보이니까. 그리고 무엇보다 많은 창문들. 그것은 조금 낯설기는 하지만 나쁘다고 하기엔 너무 많은 이야기들이 흐르고 있다.

*

오늘 글 쓰고 읽고 질문을 만들 책상을 꼼꼼하게 닦는다. 물을 끓이고 커피를 내려 자리에 앉으면 무언가 준비가 된 기분이다. 며칠 전에는 쓰는 마음에 대해 오래 이야기했는데 마음이 좀 울렁거렸다. 그것이 좋은 마음인지 상해가는 마음인지 알 수 없는 채로 집에 오는 길은 조금 이상했다. 밤이슬처럼 조용히 드는 줄도 모르고 들어와서는 마음의 표면을 모두 축축하게 하는 어떤 것. 마음 위를 뒤덮는 새로운 마음일까. 마음이 아니라 다른 이름으로 불러야 하는 걸까.

까만 새 무리가 하늘 위를 배회하는 것이 꼭 먼지가 떠다니는 것처럼 보이기도 한다. 요즘 동네에는 부쩍 이런저런 새들이 많아졌다. 강변에 나가면 떠다니는 기러기와 잠자는 기러기를 항상 볼 수 있게 되었다. 잔디는 누렇게 되었고, 나무의 잎은 거의 다 떨어지고. 변해가는 것이 있어서 변하지 않는 것을 더 잘 알아차릴 수 있다. 변하지 않는 것이 있어서 변해가는 것을 더 잘 알아차릴 수도 있다.

내가 싫어하는 것은 우리 집에 들어올 수 없다는
사실이 나를 안심하게 만든다. 나와 까만 개가 사는
이 집에는 우리가 좋아하는 것뿐이다. 그 사실을 떠
올릴 때마다 슬프고 좋다.

*

    겨울에는 귤을 조금씩 사 온다. 마트에서 포장된 귤을 사 올 때도 있고, 시장이나 거리에서 봉지에 담긴 귤을 사 올 때도 있다. 집에 오면 귤 그릇을 꺼내 귤을 하나씩 담는다. 바라보고 있으면 예쁘고 귀엽다. 하루하루 지나가면 자주 귤을 뒤집어보면서 무르고 있지는 않은지, 상한 부분이 없는지 잘 지켜봐 줘야 한다. 무르고 하얀 곰팡이가 생긴 귤을 빨리 발견하지 못한다면 옆의 귤들도 금방 상하고 마니까. 어젯밤엔 괜찮았던 귤이 아침에 일어나니 하얗게 변해 있어서 버리게 됐다. 다른 귤들의 무사함을 확인하고 한 알을 조물조물 만진다.

*

    나는 여기가 좋고 여기에 머물고 싶으면서 또 어딘가로 떠나고 싶다. 집에 있으면 마냥 편할 것 같겠지만 집에서의 일은 시간 단위로 묶어지지 않아서 조급할 때가 많다. 밖에서의 일은 시간이 지나는 것으로 쌓이는 듯한데 집에서는 그렇지 않다. 집에서의 일은 글자 수나 페이지 수로 쌓이곤 해서 몇 자 쓰지 못하고 시간만 보낸 날은 마음이 편치 않다. 그러면 잠깐 나가 걷고 온다. 글자 수와 페이지 수에서 멀어졌다가 다시 온다. 갔다가 다시 올 수 있는 곳. 집도 글도 그런 곳이다. 생활의 경계에 맞닿아 있는 글. 일이 아니라 생활 안에. 생활 안 가장 깊숙한 곳에 글을 두어야 한다. 하늘이 파랗게 아름답다. 집에서도 좋지만 나가도 좋을 것이다.

*

몸을 좀 움직여야 한다고 생각했다. 나의 몸이지만 나의 것 같지 않은 이 몸. 가끔 무방비 상태로 있는 나를 누가 촬영하여 보여주면 당황스러웠다. 내 몸이 이렇게 생겼다니. 내 표정이 이랬다니. 내 몸은 내 것인데. 뭔가 억울했다. 정작 내 얼굴과 몸을 나는 잘 보지 못한다는 게.

나의 몸과 얼굴을 자주 봐야겠다는 생각이 들었다. 그것이 결국 마음을 들여다보는 일과 다르지 않을 것 같았다. 겨울의 몸은 특히나 움츠러들기 쉬우므로 지금이어야 했다. 내 몸을 자주 들여다보고 내 뜻대로, 내 것처럼 움직이려면 무엇을 해야 할까.

몇 가지가 생각났고 그중 하나를 시작했다. 무엇인지는 아직 비밀이다. 어느 구석에서 내가 잘 모르고 나를 잘 모르는 사람들이 이 대목을 읽을 때쯤이면 겨울이 모두 끝났을 것이고, 나 이런 것을 하고 있다고 말하고 있을지도 모르겠다. 그렇다면 소식을 한 번 찾아봐 주기를. 무엇을 하고 있는지. 몸을,

얼굴을 어떻게 들여다보고 있는지. 자기 것처럼 잘 쓰고 있는지. 지금은 비밀이다. 비밀 하나 만들고 싶은 기분. 그것도 겨울의 기분일까.

*

 너무 춥다 싶은 날엔 아는 얼굴의 책을 꺼낸다.
만나본 적 있는 얼굴. 가까이에서 바라본 적 있는
얼굴. 목소리를 들어보고 눈 깜빡이고 숨을 들이쉬
고 내쉬는 것을 바로 곁에서 목격한 적 있는 얼굴.
목소리가 들리는 것 같고, 그건 역시 온기처럼 느껴
진다. 그러면 덜 추워지는 것은 아니고, 춥지만 괜찮
다 싶다.

*

어떤 날엔 겨울이 아닌 것 같다. 사람들이 확신
에 차서 겨울이라고 부르는 모습이 손끝에서 자꾸
미끄러진다. 단지 한낮이 포근하여서만은 아니고.

*

이제 이 책이 멀리 가 주기를 바란다. 나는 여기에 있을 거기 때문에. 어디에 가지 않고. 이 자리에 있을 거니까. 내가 보낸 계절의 귀퉁이를 싣고 멀리 가 주기를 바란다. 겨울만 있는 나라나 여름만 있는 나라에도. 해가 뜨지 않거나 해가 지지 않는 나라로도. 그래서 내가 닿을 수 없는 어느 밤과 방의 구석에까지 닿아서, 내가 하지 못했던 말과 끝끝내 숨겨 놓은 말이 거기 아무도 듣지 않는 데서 잠깐 울렸다가 사라지면 좋겠다. 나는 멀리 가지 않을 것이다. 멀리 갈 곳이 없다. 멀리 가면 돌아올 수 없다.

*

　세탁기 돌아가는 소리가 좋다. 시원하게 물 떨어지는 소리와 통이 돌아가는 소리와 물이 솟았다가 떨어질 때의 소리가 좋다. 물 빠지는 소리도 좋다. 집에 앉아서 바깥의 겨울을 살피며 빨래하고 설거지하고 청소하고 앉아서 읽고 마시고 쓰는 것이 좋다. 사실 산책은 까만 개가 아니었으면 안 했을지도 모른다. 개는 이불 위에 누워 있다. 깊은 잠에 빠져 있다. 그렇게 자다가도 내가 두꺼운 바지로 갈아입으면 벌떡 일어날 것이다. 이 문장이 영원히 진실이었으면 좋겠다. 겨울이 몇 번 오든. 얼마나 춥든.

*

보이지 않는 것을 쓰지만 보이는 것처럼 느껴지면 좋겠고. 보이는 것만 쓰지만 보이지 않는 것도 느낄 수 있으면 좋겠다고 생각한다. 괜찮은 건가.

*

멀리 온 것 같다는 느낌이 든다. 무엇으로부터?
그건 잘 모르겠다.

*

　운동하러 가기 전에 따뜻한 두유에 코코아 가루를 타서 마셨다. 든든하게 먹고 가면 몸이 무거워서다. 대신 돌아오는 길엔 맛있는 걸 사 온다. 가벼운 몸으로 잠들고 싶을 땐 다음날 먹어도 맛있는 차가운 음식을 사 오고, 가벼운 몸을 그대로 두고 싶기도 하고 든든하게 속을 채우고 싶기도 할 땐 바로 먹어야 맛있는 따뜻한 음식을 사 와 든든하게 먹고 푹 잔다. 가벼움을 내어주고 얻은 든든함이 꽤 버거울 때는 운동을 왜 한 것이냐는 생각이 스멀스멀 올라온다. 그러면 겨울이라는 핑계를 댄다. 겨울이니까, 겨울이잖아, 겨울인데 뭐 어때. 핑계 대고 싶은 것 뒤에 이어 붙이면 거진 다 어울리고, 하나도 말이 안 된다. ('거진'은 '거의'의 방언인데, 바꾸고 싶지 않아서 그냥 둔다. 왜냐면… 겨울이니까.) 겨울이라는 핑계. 핑계라는 것을 단번에 들키는 핑계. 들키기 위한 핑계. 환한 핑계. 허술해서 좋은 핑계다. 어이없는 핑계를 내둘러도 어색해지지 않을 자신이 있을 때만 꺼내는 핑계.

괄호 안과 비슷한 이야기를 하나 더 하고 싶다. '사랑은 목이 까끄러운 스웨터 같고'로 시작하는 겨울의 문장 이야기다. 그 문장을 여러 번 고치려고 했다. '까끄럽다'는 규범 표기가 아니고 '깔끄럽다'가 맞는 표현이라고 해서 그렇게 고쳤다가 기분이 영 아니어서 까끌까끌한 스웨터로 고쳤는데 또 기분이 영 아니었다. 다른 후보로 까슬거리는 스웨터, 까슬까슬한 스웨터가 있었지만 결국 까끄러운 스웨터라고 썼다. 오래전 나에게 스웨터를 입혀주던 사람이 목이 까끄럽냐고 물어본 적은 있어도 목이 깔끄럽냐, 까끌까끌하냐고 물은 적은 한 번도 없었기 때문이다. 규범보다 기분이나 기억의 힘이 셀 때가 많다. 모든 결정을 기분으로만 할 수는 없어도 좀 그래도 괜찮은 일은 기분을 따르고 싶다. 좀 허술하더라도 그편이 좋다. 이 글은 허술하게 두려고 애썼다. 어떻게 애를 썼냐 하면, 거슬리는 문장을 지우거나 줄이거나 나누지 않으려고, 새 문장을 꼼꼼하게 덧대지 않으려고, 그러니까 두 번 세 번 네 번 다섯 번 읽지 않으려고 애썼다. 그러면 이 글은 모두 지워지거나 다섯 줄 정도 남게 될 테니까. 그래서 허술한 이 글이 좋냐고 묻는다면 마음이 복잡해질 것 같으니까 아무도 묻지 않으면 좋겠다. 이게 무슨 말이지 싶을 때 두 번 세 번 네 번 다섯 번 치밀하게 읽지 말고 허술하게 읽어 주면 좋겠다. 허술한 기분으로. 겨울이잖아. 발이 좀 시렵다.

정확하게는 아니어도 틀리지 않게 기억하고 싶다. 정확하게는 아니어도 틀리지 않게 쓰고 싶다. 그리고 실패할 것이다. 결국에는 틀린 기억과 틀린 문장투성이일 것이다. 그렇기 때문에 '틀리지 않게 기억할 것이다'나 '틀리지 않게 쓸 것이다'라고 적을 수는 없다. 도래할 실패를 알지만, 알면서도, 바라기는 한다. 왜 그러냐면… 그건 겨울이어서가 아니다. 거기에는 단번에 들킬 핑계를 댈 수가 없다. 훨씬 정교한 핑계가 필요하다.

*

이 겨울이 너무 아프게 춥지 않았으면 좋겠다. 사실은 내내 그것을 바랐다. 말로 한 적은 거의 없다. 너무 추운 것은 꼭 아프단 걸 모르는 사람들도 어느 밤에, 어느 방에 있겠지. 추운 것이 아픈 사람들도 어느 밤에, 어느 방에 있겠지. 당연한 사실이 매번 아프다.

*

　오래된 겨울은 모두 어느 방 안의 풍경으로 남아 있다. 큰 오동나무 장롱이 하나 둘 셋 들어가 있는 방. 작고 긴 방. 한 사람, 두 사람, 세 사람, 네 사람 누우면 꽉 차는 방. 그래도 가끔 두 사람 정도 더 눕는 방. 미닫이문이 달린 방. 겨울엔 추워서 커튼으로, 이불로 바람 들 구석을 꼭꼭 막고서도 이불 밑에 숨어서 자야 했던 방.

　어느 날 아직 방 안에 들어오지 않은 세 번째 사람을 기다리면서 두 번째 사람으로 누워 있던 나는 추운 이 겨울밤이 기어코 그립고 말 거라는 예감에 몰래 울었다. 지겹게 버티던 겨울이 언젠가는 그리워질 거라는 사실이 슬펐다. 멀어지고 변하고 결국에는 헤어지고 말 거라는 예감에 울면서도 그 밤을 사랑하지는 못했다. 겨울의 방에 첫 번째로 누웠던 사람을 마지막으로 만났던 날, 작은 방 작은 침대에 누운 사람이 이렇게 말했다. '한 방에 다같이 누워 뒹굴뒹굴하고 싶다.'

멀어졌고 변했고 헤어진 사람들이 오래된 겨울 안에서만 반짝인다.

*

　기억하고, 쓰고, 기억하여 쓴다는 것은 사랑한다
는 말과 다르게 쓰일 수 없다. 틀린 기억과 틀린 문
장투성이일 수밖에 없는 것은 그래서다. 반드시 실
패할 것을 알면서 틀리지 않게 기억하고 틀리지 않
게 쓰기를 바라는 것 역시 그래서다. 사랑은 언제나
가장 허술하고, 가장 환하며, 가장 정교한 핑계다.

*

    사랑하는 마음을 감추려고. 그리고 들키려고. 계
절이라는 핑계 뒤에 숨는다. 머리카락이 보이게. 꼭
꼭 숨는다.

*

 무엇을 이야기하려고 해도 너무 이른가 싶은 근심이 있다. 조금 이르게 간다. 계절처럼. 외롭게 한발 먼저.

무엇을 이야기하려고 해도 너무 늦었나 싶은 근심이 있다. 조금 늦게 간다. 계절처럼. 외롭게 한발 늦게.

감상(鑑賞)

이병률 (시인)

감상(鑑賞)

이병률

당신의 원고를 펼쳐 든 건 동해 어느 바닷가에서
였습니다.

햇살이 유난히 고와서 그런 탓도 있었겠지만

읽다가 처음엔 시집 원고인가 싶었더랬지요.

물론 시이기도 했지만 촘촘한 생활이었습니다.

나는 시를 사랑하지만, 생활은 존중합니다.

아시는 것처럼 시는 살아있지만, 생활은 춤을 추
거든요.

나는 살아는 있지만 춤은 못 춰서요.

내가 쓰고 싶은 글을 당신이 쓰고 있다는 생각을 했습니다.

쓸쓸히, 내밀한 열정을, '보이는 것'과 '보이지 않는 것'들의 세밀한 충돌과 잔금과 그 그림자들을 적어내고 있었습니다.

빛이 슬프도록 비껴 비쳐 드는 창을 가진 사람이라는 상상도 했어요. 얼마 안 되는 감정이 수직상승하면서 번지는 순간이, 어쩌면 까딱 잘못하면 기절할 것도 같은 그 찰나가 있어서 그 쾌감으로 우리 같은 사람들은 살아지고 있는지도요.

숨은 쉬고 있나요? 모든 문들을 닫고 있는 건 아니죠?

자주 울렁거리고 자주 숨이 차는 사람일 테니

자주 숨을 확장하세요.

좋은 작가이기 이전에 좋은 사람을 안 것 같으니

세상의 진정한 것들을 찾아가는 여정에 함께할 수 있으면 합니다.

황수영

Hwang Sooyoung

경주에서 까만 개와 살고 있다.
글을 쓰고, 산책하고, 계절을 난다.

황수영 독립작품 활동

▼ 독립출판

의외의 제주 (2016), 사랑에 취약한 사람 (2017), 오늘은 파
도가 높습니다 (2018), 해변은 여름 (2019), 아무 목이나 끌
어안고 울고 싶을 때 (2020), 새벽 산책 허밍 (2023)

BYEOL BIT DEUL

별빛들은 기존의 방식과 형식으로부터 자유로우며 독립적으로 활동하는 문학 작가들과 협업, 그들의 작품을 대중들에게 소개하는 문학 출판사입니다.

별빛들은 독립적으로 문학활동하는 작가와의 협업을 통해 '문학'과 '출판'과의 관계를 유연하게 만들고 엄격한 기준과 검열의 과정 없이도 탄생되고 있는 작가의 예술적 가치를 소개하여 문학의 다양화, 출판의 민주화를 유발하려 합니다. 나아가 다양한 영역에서 독립된 자아실현이 이루어지는 우리 사회를 응원합니다.

별빛들 작가선

여름 빛 아래

초판 1쇄 발행	2022년 3월 26일
8쇄 발행	2024년 8월 22일

지은이	황수영
펴낸이	이광호
편집	황수영, 이광호
디자인	황수영, 이광호
그림	Minji Kim (of Saie Pottery)

펴낸곳	별빛들
출판등록	2016년 8월 10일 제 2016-000022호
전자우편	byeolbitdeul@naver.com
홈페이지	www.byeolbitdeul.com

ISBN 979-11-89885-93-9